Moskau 1924. Professor Preobrashenski verwandelt den hauslosen Hund Bello durch Transplantation menschlicher Organe in den Genossen Bellow. Durch sein operatives Beispiel hoffte er, die ewige Frage nach der Überwindung des Tierischen im Menschen auf zeitgemäße Weise neu zu stellen. Die grausigen Verwicklungen, die sein Homunkulus heraufbeschwört, gestaltet Michail Bulgakow (1891–1940) zu einer grotesken Parabel, die sich zu einer köstlichen Zeitsatire entfaltet und zugleich tiefgreifend neues Denken in Polemik gegen traditionellen und voluntaristischen Fortschrittsglauben provoziert.

»Hundeherz« (geschrieben 1925) ist nach »Der Meister und Margarita« Bulgakows bedeutendstes Prosawerk. Anläßlich der sowjetischen Erstausgabe dieser Groteske 1987 schrieb Wladimir Lakschin: »In der seelischen Grobheit, der Unerzogenheit und Unkultur sieht Bulgakow eine sehr reale Bedrohung des Aufbaus eines neuen Lebens, und er geißelt sie. Das ist die drohende Vision lumpenproletarischer Skrupellosigkeit und frecher, unbeschränkter Machtanmaßung, die bereit ist, alle menschlichen, sittlichen Werte, einschließlich der Ideale der Revolution, zu vernichten.«

›Volk und Welt Spektrum‹ 237
Groteske

Michail Bulgakow

Hundeherz

Verlag Volk und Welt
Berlin

Aus dem Russischen von Thomas Reschke

ISBN 3-353-00311-8

1. Auflage

L. N. 302, 410/21/88
Originaltitel: *Sobač'e serdce*;

Printed in the German Democratic Republic

Redakteur: Renate Landa
Einbandentwurf: Lothar Reher
Lichtsatz: INTERDRUCK Graphischer Großbetrieb,
Leipzig – III/18/97
Druck und Einband: LVZ-Druckerei »Hermann Duncker«, Leipzig
LSV 7201
Bestell-Nr. 648 874 2

00340

1

Huuuuuh! Oh, seht mich an, ich sterbe. Der Schneesturm im Torweg heult mir das Sterbegebet, und ich heule mit. Ich bin verloren, verloren. Der Schuft mit der schmutzigen Mütze, Koch in der Kantine für Normalverpflegung der Angestellten des Zentralrats der Volkswirtschaft, hat mich mit kochendem Wasser begossen und mir die linke Seite verbrüht. Dieser Dreckskerl, und das will ein Proletarier sein. Herr du mein Gott, wie das weh tut! Das kochende Wasser hat sich bis auf die Knochen durchgefressen. Jetzt heule ich und heule, aber hilft das etwa?

Was habe ich ihm getan? Fresse ich etwa den Zentralrat der Volkswirtschaft arm, wenn ich den Müll durchwühle? Gieriges Vieh! Seht euch bloß mal die Visage an! Der Kerl ist ja mehr breit als hoch. Ein Gauner mit kupferroter Fresse. Ach, die Menschen, die Menschen. Mittags hat er mich mit kochendem Wasser bewirtet, und jetzt wird es schon dunkel, vier Uhr nachmittags mag es sein, nach dem Zwiebelgeruch aus der Feuerwache in der Pretschistenka-Straße zu urteilen. Die Feuerwehrleute essen zu Abend Grützbrei, wie ihr wißt. Aber das ist ja das allerletzte, fast so wie Pilze. Bekannte aus der Pretschistenka haben mir übrigens erzählt, in der Neglinnaja-Straße, im Restaurant »Bar«, da fressen sie als Tagesgericht Pilze in pikanter Soße, 3 Rubel 75 Kopeken die Portion. Das ist was für Feinschmecker, so als ob man an einer Galosche leckt. Huuuuuh …

Die Seite tut unerträglich weh, und meine weitere Karriere ist deutlich abzusehen: Morgen werden sich Geschwüre bilden, und womit soll ich die kurieren? Im Sommer kann man in den Park von Sokolniki flitzen, da wächst ein sehr gutes Kraut, außerdem frißt man sich gratis an Wurstzipfeln satt und leckt das fettige Papier ab, das die Bürger wegschmeißen. Und wenn nicht irgendeine alte Vettel auf der Wiese im Mondschein »holde Aida« singt, so daß einem das Herz in die Hose rutscht, ist es dort wunderschön. Aber wo soll ich jetzt hin? Hat man Sie schon mal mit dem Stiefel in den Hintern getreten? Man hat. Hat man Ihnen schon mal einen Ziegelstein in die Rippen geschmissen! Ich glaube, oft genug. Ich habe alles durchgemacht, ich finde mich mit meinem Schicksal ab, und wenn ich jetzt weine, dann nur vor physischem Schmerz und vor Kälte, denn mein Geist ist noch nicht erloschen. Hunde haben einen zähen Geist.

Nur mein Körper, der ist zerschlagen und zerbrochen, die Menschen haben sich reichlich daran ausgetobt. Das schlimmste: Das kochende Wasser hat sich durchs Fell gefressen, also ist die linke Seite jetzt ungeschützt. Ich kann sehr leicht eine Lungenentzündung kriegen, und wenn ich die habe, liebe Leute, dann muß ich Hungers krepieren. Mit Lungenentzündung soll man im Vorderhaus unter der Treppe liegen, doch wer wird dann für mich, den einsam daliegenden Hund, die Müllkästen nach Nahrung absuchen? Wenn die Lunge krank wird, krieche ich auf dem Bauch und werde immer schwächer, und jeder ausländische Spezialist kann mich mit dem Knüppel totschlagen. Dann packen mich die Hausmeister am Bein und schmeißen mich auf den Wagen …

Die Hausmeister sind von allen Proletariern das scheußlichste Gesindel. Menschlicher Abschaum, die allerunterste Kategorie. Köche gibt's verschiedene. Zum Beispiel der verstorbene Wlas aus der Pretschistenka. Wie vielen hat er das Leben gerettet! Wenn man krank ist, muß man vor allem einen Bissen schnappen. Alte Hunde erzählen, Wlas hätte manchmal sogar mit einem Knochen gewinkt, an dem noch ein Achtelchen Fleisch dran war. Gott schenke ihm das Himmelreich, denn er war eine wirkliche Persönlichkeit, herrschaftlicher Koch bei den Grafen Tolstoi, nicht beim Zentralrat für Normalverpflegung. Was die da mit der Normalverpflegung anstellen, ist für einen Hundeverstand unfaßbar. Die Halunken nehmen ja für die Kohlsuppe stinkendes Salzfleisch, und die armen Kunden wissen es nicht. Sie laufen hin, fressen, schlürfen.

Eine Stenotypistin in der neunten Lohngruppe kriegt fünfundvierzig Rubel, allerdings schenkt ihr Liebhaber ihr noch Strümpfchen aus Fil de Perse. Aber für diese Strümpfe muß sie sich eine Menge gefallen lassen. Er behandelt sie ja nicht auf gewöhnliche Weise, sondern zwingt sie zu französischer Liebe. Diese Franzosen sind richtige Schweine, unter uns gesagt. Sie mampfen zwar üppig, und immer gibt's Rotwein dazu. Ja... Da kommt sie angelaufen, die kleine Stenotypistin, schließlich kann sie mit fünfundvierzig Rubeln nicht in die »Bar« gehen. Auch fürs Kino reicht es nicht bei ihr, dabei ist das Kino für die Frauen das einzige Vergnügen im Leben. Sie zittert und verzieht das Gesicht, aber sie mampft... Man denke nur: vierzig Kopeken für zwei Gerichte, und die sind beide keine fünfzehn wert, weil die restlichen fünfundzwanzig der Wirtschaftsleiter gestohlen hat. Ist solches Essen etwa gut für sie? Ihre rechte Lungenspitze ist nicht in Ordnung, außerdem hat sie eine Frauenkrankheit auf französischer Grundlage, auf Arbeit haben sie ihr was abgezogen, in der Kantine hat man sie mit verfaultem Fleisch gefüttert. Da kommt sie, da kommt sie ... Sie läuft in den Torweg mit den Strümpfen von ihrem Liebhaber. Ihre Beine frieren, es bläst ihr in den Bauch, denn ihr Fell ist so ähnlich wie meins, aber sie trägt dünne Höschen als Augenschmaus für ihren Liebhaber. Solches Zeug aus Spitzen. Wenn sie eine Flanellhose anzieht, brüllt er los: Was bist du doch unelegant! Ich hab genug von meiner Matrjona, die hat mich gepeinigt mit ihren Flanellhosen. Jetzt ist meine Zeit gekommen. Ich bin jetzt Vorsitzender, und was ich zusammenklaue, geht alles drauf für den weiblichen Körper, für Krebsschwänze und Abrau-Durso-Wein. In meiner Jugend habe ich genug gehungert, mir reicht's, und ein Leben nach dem Tode gibt es nicht.

Sie tut mir so leid! Aber ich selber tu mir noch mehr leid. Ich rede nicht aus Egoismus, o nein, sondern weil wir wirklich in ungleichen Umständen leben. Sie hat es wenigstens zu Hause warm, aber ich, ich ... Wo soll ich hin? Huuuuuh!

»Komm her, komm her! Komm, Bello ... Was winselst du so, du Ärmster? Hat dir jemand was getan? Ach ...«

Der trockene Schneesturm, dieser Hexenmeister, tobte durch den Torweg und fegte dem Fräulein um die Ohren. Er blies ihr das Röckchen bis zu den Knien hoch, entblößte die cremefarbenen Strümpfchen und einen schmalen Streifen der schlechtgewaschenen Spitzenunterwäsche, drückte die Worte zurück in den Hals, schleuderte den Hund beiseite.

»Mein Gott, was für ein Wetter ... Ach ... Und der Bauch tut mir weh. Dieses Salzfleisch, davon kommt es! Wann hört das alles bloß auf?«

Mit gesenktem Kopf stürzte sich das Fräulein in den Angriff und stürmte durch das Tor. Auf der Straße drehte es sie herum, und sie verschwand in einem Schneewirbel.

Der Hund blieb im Torweg, die verbrühte Seite schmerzte, er drückte sich an die kalte Wand, hechelte und war fest entschlossen, nicht mehr wegzugehen, sondern hier im Torweg zu krepieren. Die Verzweiflung warf ihn nieder. Ihm war so bitter und schmerzlich zumute, er fühlte sich so einsam und verängstigt, daß ihm Hundetränen, klein wie Pickel, aus den Augen tropften und sogleich trockneten. An der verdorbenen Seite klebten gefrorene Klumpen, dazwischen leuchteten unheilvoll die roten Flecke der Verbrühung. Die Köche waren doch unglaublich gedankenlos, stumpfsinnig, grausam. Bello hatte sie ihn genannt ... Wieso zum Teufel bin ich Bello? Bello, das bedeutet schön, dumm, wohlgenährt, ein Bello frißt Haferbrei und hat angesehene Eltern, ich dagegen bin struppig, schlaksig und lumpig, mein Hals ist sehnig, ich bin ein Straßenköter. Übrigens, schönen Dank für das freundliche Wort.

In dem hellerleuchteten Laden auf der anderen Straßenseite klappt die Tür, und heraus kommt ein Bürger. Ja, ein Bürger, kein Kollege, höchstwahrscheinlich sogar ein Herr. Er kommt näher – klarer Fall, ein Herr. Ihr meint wohl, ich seh das am Mantel? Quatsch. Einen Mantel tragen jetzt schon viele Proletarier. Freilich, bei denen sehen die Kragen anders aus, da gibt's nichts zu reden, aber das kann man auf die Entfernung verwechseln. Wenn man jedoch die Augen sieht, gibt's keine Verwechslung. Oh, die Augen sind ganz wichtig. Die sind wie ein Barometer. Man sieht alles – wer eine verdorrte Seele hat, wer einem für nichts und wieder nichts die Stiefelspitze in die Rippen stößt und wer vor allem und jedem Angst hat. Solch einen niedrigen Lakaien beißt man ja gern in den Knöchel. Wenn du Angst hast, nimm's hin. Hast du Angst, dann hast du's verdient. Rrrrr ... wau-wau ...

Der Herr, in einen Schneewirbel gehüllt, überquert selbstsicher die Straße und kommt auf den Torweg zu. Ja, ja, bei dem ist alles zu sehen. Der würde niemals verfaultes Salzfleisch fressen, und wenn es ihm jemand vorsetzt, schlägt er gewaltigen Krach und schreibt an die Zeitungen: Ich, Filipp Filippowitsch Preobrashenski, bin betrogen worden.

Er kommt immer näher. Dieser Mann ißt reichlich und stiehlt nicht, er tritt auch keinen mit dem Fuß, aber er hat auch vor niemand Angst, und zwar weil er immer satt ist. Er ist ein Herr der geistigen Arbeit, mit einem feinen Spitzbart und einem grauen Schnurrbart, der sieht buschig und verwegen aus wie bei einem französischen Ritter, aber im Schneesturm geht ein scheußlicher Krankenhausgeruch von ihm aus. Und nach Zigarre riecht er.

Was zum Teufel mag ihn in den Konsum des Zentralrats geführt haben? Er ist schon ganz nahe ... Was hat er da gesucht? Huuuuuh ... Was kann er schon gekauft haben in dem elenden Dreckladen, hätte er nicht zum Ochotny Rjad gehen können? Was ist das? Wurst. Herr, wenn Sie wüßten, aus was diese Wurst gemacht wird, würden Sie einen Bogen um den Laden machen. Geben Sie sie mir.

Der Hund raffte die letzten Kräfte zusammen und kroch wie von Sinnen aus dem Torweg auf den Gehsteig. Der Schneesturm ließ über ihm Gewehrschüsse knallen und zauste die riesigen Lettern eines Plakats: »Ist Verjüngung möglich?«

Natürlich ist sie möglich. Der Wurstgeruch hat mich verjüngt, hat mich auf die Beine gebracht, hat heiße Wellen in meinen seit zwei Tagen und Nächten leeren Magen gejagt, hat den Krankenhausgeruch besiegt – der paradiesische Geruch einer durchgedrehten Stute mit Knoblauch und Pfeffer. Ich spüre, ich weiß: Die Wurst steckt in der rechten Tasche seines Pelzes. Er steht über mir. Oh, mein Gebieter! Sieh mich an. Ich sterbe. Eine Knechtsseele hab ich und ein böses Schicksal!

Der Hund kroch wie eine Schlange auf dem Bauch, und seine Tränen strömten nur so. Sehen Sie sich an, was der Koch angerichtet hat. Aber Sie geben mir ja doch nichts. Oh, ich kenne die Reichen sehr gut! Aber was wollen Sie eigentlich mit der Wurst? Wozu brauchen Sie verfaultes Pferdefleisch? Solches Gift kriegen Sie nirgendwo, nur bei der Moskauer Lebensmittelindustrie! Sie haben doch heute gefrühstückt, Sie sind eine Größe von Weltbedeutung dank den männlichen Geschlechtsdrüsen. Huuuuuh ... Was geschieht nicht alles auf der großen Welt? Zum Sterben scheint es noch zu früh, und Verzweiflung ist wahrhaftig eine Sünde. Ich muß ihm die Hände lecken, was anderes bleibt mir nicht übrig.

Der rätselhafte Herr beugte sich mit blitzender Goldbrille über den Hund und entnahm der rechten Tasche ein längliches weißes Päckchen. Ohne die braunen Handschuhe auszuziehen, wickelte er das Papier auf, von dem sogleich der Schneesturm

Besitz ergriff, und brach ein Stück Wurst ab, die den Namen »Besondere Krakauer« trug. Und gab es dem Hund. Oh, edelmütige Persönlichkeit! Huuuuuh!

»Ft-ft«, pfiff der Herr und fügte aufs strengste hinzu: »Nimm! Nimm, Bello!«

Schon wieder Bello. Sie haben mich getauft. Aber nennen Sie mich, wie Sie wollen. Für Ihre einzigartige Tat.

Der Hund fetzte die Pelle ab, biß schluchzend in die Krakauer und verschlang sie im Handumdrehen. Die Wurst und der Schnee würgten ihn so, daß ihm die Tränen kamen, denn er hätte vor Gier beinahe die Schnur mit verschluckt. Noch einmal lecke ich Ihnen die Hand. Ich küsse Ihnen das Hosenbein, mein Wohltäter!

»Das reicht fürs erste.« Der Herr sprach abgehackt, als ob er kommandierte. Er beugte sich zu Bello herunter, sah ihm prüfend in die Augen und strich ihm mit der behandschuhten Hand unerwartet vertraulich und zärtlich über den Bauch.

»Aha«, bemerkte er vielsagend, »kein Halsband. Na großartig, dich brauche ich grade. Komm mit.« Er schnippte mit den Fingern. »Ft-ft!«

Mit Ihnen kommen? Bis ans Ende der Welt. Und wenn Sie mich mit Ihren Filzschuhen treten, ich sage kein Wort.

In der ganzen Pretschistenka brannten die Lampen. Die Seite schmerzte unerträglich, aber Bello vergaß das zeitweilig, denn ein Gedanke nahm ihn ganz in Anspruch, nämlich in dem Gedränge nicht die wundersame Erscheinung im Pelzmantel zu verlieren und ihr irgendwie seine Liebe und Ergebenheit zu zeigen. Und er zeigte sie wohl siebenmal bis zur Obuchow-Gasse. Bei der Mjortwy-Gasse küßte er ihm den Stiefel, er machte ihm den

Weg frei, indem er mit wildem Geheul eine Dame so sehr erschreckte, daß sie sich auf einen Prellstein setzte, und winselte zweimal, um das Mitleid des Herrn wachzuhalten.

Ein Schuft von streunendem Kater, auf sibirisch zurechtgemacht, schlüpfte hinter einer Regenrinne hervor, denn er hatte trotz des Schneesturms die Krakauer gewittert. Bello wurde ganz krank bei der Vorstellung, der reiche Sonderling, der verletzte Köter im Torweg auflas, könnte womöglich auch diesen Gauner mitnehmen, und dann müßte er das Erzeugnis der Moskauer Lebensmittelindustrie mit ihm teilen. Darum fletschte er so wild die Zähne, daß der Kater, zischend wie ein löcheriger Schlauch, an der Regenrinne bis zum ersten Stock hinaufsauste. Rrrrrr ... Wau! Weg! Die Moskauer Lebensmittelindustrie stellt nicht genug her, um jedes Lumpenvieh, das sich in der Pretschistenka herumtreibt, zu füttern. Der Herr wußte die Ergebenheit zu schätzen, und bei der Feuerwehrwache, aus deren Fenster das angenehme Brummen eines Waldhorns tönte, belohnte er den Hund mit einem zweiten Stück Wurst, kleiner, an zwanzig Gramm.

Ach, ist der komisch. Er will mich locken. Keine Bange! Ich lauf schon nicht weg. Ich folge Ihnen, wohin Sie wollen.

»Ft-ft-ft! Hier lang!«

In die Obuchow-Gasse? Aber gern. Diese Gasse kenne ich bestens.

»Ft-ft!« Hier rein? Mit Vergnü...! Ach bitte nein. Nein. Hier ist ein Portier. Der schlimmste auf der Welt. Viel gefährlicher als ein Hausmeister. Eine ganz verhaßte Rasse. Noch scheußlicher als Katzen. Ein livrierter Schinder.

»Komm, hab keine Angst.«

»Ich wünsche Gesundheit, Filipp Filippowitsch.«
»Tag, Fjodor.«
Er ist wirklich eine Persönlichkeit. Mein Gott, zu wem hast du mich geführt, mein Hundelos? Was ist das für ein Herr, der einen Straßenköter am Portier vorbei in ein Haus der Wohnungsgenossenschaft mitnehmen kann? Seht doch, dieser Halunke von Portier – kein Laut, keine Bewegung! Seine Augen blicken zwar finster, aber ansonsten bleibt er gleichgültig unter seiner goldbetreßten Mütze. Als ob es so sein muß. Er respektiert den Herrn, und wie! Nun, ich geh ja auch mit ihm und hinter ihm her. Staunst du, was? Schluck's runter. Ich möchte ihn in sein schwieliges Proletarierbein beißen. Für alles, was er unsereinem angetan hat. Wie oft hast du mir den Besen auf den Kopf geschlagen, na?
»Komm, komm.«
Verstehe, verstehe, keine Bange bitte. Wo Sie hingehen, will auch ich sein. Zeigen Sie mir nur den Weg, ich bleib schon nicht zurück, trotz der Schmerzen in der Seite.
Von der Treppe nach unten:
»Post für mich, Fjodor?«
Von unten respektvoll zur Treppe herauf:
»Zu Befehl, nein, Filipp Filippowitsch.« Dann mit vertraulich gesenkter Stimme: »In die Wohnung drei sind Wohnungsgenossen reingesetzt worden.«
Der gewichtige Hundewohltäter drehte sich auf der Treppenstufe heftig um, beugte sich übers Geländer und fragte entsetzt:
»Waas?«
Seine Augen rundeten, sein Schnurrbart sträubte sich.
Der Portier drunten legte den Kopf in den Nak-

ken, formte aus seinen Händen ein Sprachrohr und bestätigte:

»Jawohl, gleich vier Stück.«

»Mein Gott! Ich stelle mir vor, was jetzt in der Wohnung los ist. Was machen sie da?«

»Gar nichts, bittschön.«

»Und Wassili Pawlowitsch?«

»Der ist weg, um Wandschirme und Ziegelsteine zu besorgen. Er will eine Trennwand einziehen.«

»Weiß der Teufel, was das soll!«

»Filipp Filippowitsch, in alle Wohnungen sollen mehr Leute reingesteckt werden, nur in Ihre nicht. Eben war Versammlung, da haben sie die neue Leitung eingesetzt und die alte gefeuert.«

»Was nicht alles geschieht. Eijeijei ... Ft-ft.«

Ich komme schon, ich eile. Wissen Sie, meine Seite macht sich bemerkbar. Gestatten Sie, Ihnen das Stiefelchen zu lecken.

Die Goldtresse des Portiers verschwand unten. Auf dem marmornen Treppenabsatz wehte es warm aus den Heizungsrohren, noch eine halbe Treppe, und da war die Beletage.

2

Lesen lernen hat überhaupt keinen Zweck, wenn Fleisch auch so eine Werst weit zu riechen ist. Nichtsdestoweniger: Wenn Sie in Moskau leben und ein bißchen Grips im Kopf haben, lernen Sie wohl oder übel lesen, obendrein ohne Lehrgang. Unter den vierzigtausend Moskauer Hunden wird es kaum einen Idioten geben, der nicht das Wort Wurst buchstabieren könnte.

Bello hatte nach Farben lesen gelernt. Als er grade vier Monate alt war, wurden in ganz Moskau grüne und blaue Schilder mit der Aufschrift MVKG ausgehängt, das bedeutete Fleischhandel. Um es noch einmal zu sagen, das ganze Lesenlernen hat keinen Sinn, denn Fleisch riecht man sowieso. Einmal kam es zu einem Mißverständnis, denn Bello, dessen Geruchssinn von dem Benzinqualm eines Motors geschwächt war, orientierte sich nach der giftigblauen Farbe und lief statt in eine Fleischerei in den Elektroladen der Brüder Golubisner in der Mjasnizkaja-Straße. Bei diesen Brüdern bekam er Isolierdraht zu kosten, und der zieht noch mehr durch als eine Kutscherpeitsche. Dieser denkwürdige Moment darf als der Beginn von Bellos Ausbildung gelten. Wieder draußen auf dem Gehsteig, überlegte er, daß »blau« nicht immer »Fleisch« bedeutet. Heulend und vor brennendem Schmerz den Schwanz zwischen die Hinterbeine klemmend, prägte er sich ein, daß bei allen Fleischläden links als erstes ein goldener oder rötlicher Krakel steht, der an einen Galgen erinnert.

Weiterhin lief es besser. Den Buchstaben N lernte er bei dem »Fischladen« Ecke Mochowaja-Straße, dann folgte das E (denn er mußte sich beim hinteren Ende des Wortes »Fischladen« heranpirschen, weil am Anfang des Wortes ein Milizionär stand).

Die viereckigen Kacheln, mit denen Moskauer Eckgeschäfte verkleidet waren, bedeuteten immer und unvermeidlich »Käse«. Der schwarze Samowarhahn an der Spitze bezeichnete den ehemaligen Besitzer Tschitschkin und Berge von rotem Holländer Käse wie auch Bestien von Verkäufern, die die Hunde haßten, Sägespäne auf dem Fußboden und scheußlich stinkende Backsteine.

Wo Harmonika gespielt wurde, was etwas schöner klang als die »holde Aida«, und es nach Würstchen roch, fügten sich die ersten Buchstaben auf den weißen Plakaten ganz bequem zu dem Wort »Keine...«, was bedeutete: »Keine unanständigen Wörter gebrauchen und keine Trinkgelder geben«. Hier brachen manchmal wüste Schlägereien aus, die Menschen droschen sich mit Fäusten ans Maul, selten freilich – die Hunde aber kriegten es immer – mit Servietten oder Stiefeln.

Wenn in den Fenstern abgelagerte Schinken hingen und Mandarinen auslagen ... wau-wau ... Feinkost. Wenn es dunkle Flaschen mit übler Flüssigkeit waren ... W – e – i – ne, Weine. Das ehemalige Geschäft der Brüder Jelissejew.

Der unbekannte Herr, der den Köter zur Tür seiner Luxuswohnung in der Beletage mitgenommen hatte, läutete, und sogleich hob der Hund den Blick zu dem großen schwarzen Schild mit den Goldbuchstaben neben der breiten Tür mit dem rosa Riffelglas. Die drei ersten Buchstaben setzte er sogleich zusammen: P – r – o –, Pro. Dann folgte ein Mistding mit zwei Häkchen, das er nicht kannte. Womöglich Proletarier? dachte Bello verwundert. Das kann nicht sein. Er hob die Nase, beschnupperte noch einmal den Pelz und dachte überzeugt: Nein, das riecht nicht nach Proletarier. Das Wort sieht gelehrt aus, aber weiß Gott, was es bedeutet.

Hinter dem rosa Glas flammte auf einmal freudiges Licht auf und verdunkelte das schwarze Schild noch mehr. Die Tür öffnete sich vollkommen geräuschlos, und eine schöne junge Frau mit weißer Schürze und Spitzenhäubchen stand vor dem Hund und seinem Herrn. Den ersteren umwehte göttliche Wärme, und der Rock der Frau roch nach Veilchen.

Das ist gut, das gefällt mir, dachte der Hund.

»Bitte einzutreten, Herr Bello«, sagte der Herr ironisch, und Bello trat selig, schwanzwedelnd ein.

Eine große Zahl von Gegenständen füllte die prachtvolle Diele. Was sich sogleich einprägte, war ein Spiegel bis zum Fußboden, der einen zweiten verwahrlosten und zerrauften Bello zeigte, außerdem ein beängstigendes Hirschgeweih hoch droben, zahllose Pelze und Galoschen und an der Decke eine opalfarbene Lampenschale mit elektrischem Licht.

»Wo haben Sie denn den her, Filipp Filippowitsch?« fragte die Frau lächelnd und half dem Herrn aus dem schweren schwarzbraunen, bläulich glitzernden Fuchspelz. »Du meine Güte, er ist ja räudig!«

»Red keinen Unsinn. Wo ist er räudig?« fragte der Herr streng und abgehackt.

Nachdem er abgelegt hatte, zeigte er sich in einem schwarzen Anzug aus englischem Tuch, und auf seinem Bauch blinkte freudig eine goldene Kette.

»Warte, spring nicht herum, ft … Halt doch mal still, du Dummchen. Hm! Das ist keine Räude. Stillhalten, du Satan … Hm! Aha. Eine Verbrühung. Welcher Halunke hat dich denn so verbrüht? Na? Steh doch still!«

Der Koch, dieser Zuchthäusler! sagte der Hund mit jammervollem Blick und heulte ein wenig.

»Sina«, befahl der Herr, »sofort ins Untersuchungszimmer mit ihm, und meinen Kittel.«

Die Frau pfiff und schnippte mit den Fingern, und der Hund folgte ihr zögernd. Zu zweit durchquerten sie einen matt erleuchteten Korridor, gingen an einer lackierten Tür vorbei und kamen am Ende links in ein dunkles Kämmerchen, das mit seinem unheildrohenden Geruch dem Hund sogleich mißviel. Die Dunkelheit verwandelte sich mit einem Knack in blendendhelles Tageslicht, das von allen Seiten glänzte, strahlte und leuchtete.

Bitte nein, heulte der Hund in Gedanken, entschuldigt, aber da mach ich nicht mit! Ich habe kapiert. Zum Teufel mit denen und ihrer Wurst. Sie haben mich in eine Hundeklinik gelockt. Gleich werden sie mich zwingen, Rizinus zu saufen, und mir die ganze Seite mit kleinen Messern aufschneiden, aber die darf keiner auch nur berühren.

»Halt, wohin?« schrie die Frau, die Sina hieß.

Der Hund riß sich los, nahm federnd Anlauf und sprang mit der gesunden Seite so gewaltig gegen die Tür, daß es durch die ganze Wohnung dröhnte. Dann flog er zurück und drehte sich auf der Stelle wie ein Brummkreisel unter Peitschenhieben, wobei er einen weißen Eimer umstieß, aus dem Wattebäusche hüpften. Während er sich drehte, umsausten ihn die Wände mit den Schränken voller blanker Instrumente, die weiße Schürze und das verzerrte Frauengesicht.

»Wo willst du hin, du struppiger Satan?« schrie Sina verzweifelt. »Der ist ja wie besessen!«

Wo mag die Hintertreppe sein? überlegte der Hund. Er nahm wieder Anlauf und sprang auf gut Glück gegen eine Scheibe in der Hoffnung, es wäre die Hintertür. Eine Wolke von Scherben klirrte zu Boden, eine bauchige Flasche mit einer rötlichen Scheußlichkeit sprang heraus und überschwemmte stinkend den Fußboden. Die richtige Tür ging auf.

»Halt, du Bestie«, schrie der Herr, der den Kittel nur mit einem Ärmel übergestreift hatte, und packte ihn mit einem Sprung an den Beinen. »Sina, nimm ihn am Genick, den Strolch.«

»Du meine Güte, ist das ein Köter!«

Die Tür öffnete sich noch weiter, und herein stürmte eine weitere Persönlichkeit männlichen Geschlechts im Kittel. Die Glasscherben zertretend, eilte sie nicht zum Hund, sondern zu einem Schrank, riß ihn auf und füllte das ganze Zimmer mit einem widerlich süßen Geruch. Dann warf sich die Persönlichkeit mit dem Bauch auf den Hund, der bei dieser Gelegenheit mit Genuß oberhalb der Schnürsenkel zuschnappte. Die Persönlichkeit schrie auf, ließ aber nicht ab. Die Übelkeit erregende Flüssigkeit benahm dem Hund den Atem, in seinem Kopf drehte sich alles, dann knickten ihm die Beine weg, und er sank schief zur Seite. Danke, es ist aus, dachte er träumerisch und legte sich auf die spitzen Scherben. Leb wohl, Moskau! Nie wieder werde ich Tschitschkin sehen und Proletarier und Krakauer Wurst. Für meine Hundelangmut komme ich ins Paradies. Brüder, Schinder, wofür tut ihr mir das an?

Er sank endgültig auf die Seite und verendete.

Als er wieder auferstand, schwindelte ihm ein wenig der Kopf, im Bauch war ihm etwas übel, aber die Seite spürte er nicht, sie schwieg wonnig. Der Hund öffnete matt das rechte Auge und sah, daß Bauch und Seiten straff verbunden waren. Habt ihr mich doch noch fertiggemacht, ihr Hundesöhne, dachte er trüb. Aber geschickt, das muß man euch lassen.

»Von Sevilla bis Granada … in der stillen finstern Nacht«, sang über ihm eine Stimme falsch und unkonzentriert.

Der Hund wunderte sich, er öffnete beide Augen und sah in zwei Schritt Entfernung einen Männerfuß auf einem weißen Hocker. Hosenbein und Unterhose waren hochgekrempelt, und die nackte gelbe Wade war mit angetrocknetem Blut und mit Jod beschmiert.

Um Gottes willen! dachte der Hund. Ich muß ihn gebissen haben. Mein Werk. Na, nun wird es Prügel setzen!

»Laut ertönt die Serenade, und es klirrt der Schwerter Pracht! Warum hast du den Doktor gebissen, du Landstreicher? Na? Warum hast du die Scheibe zerschlagen? Na?«

»Huuuuuh«, winselte der Hund kläglich.

»Na schön, bist aufgewacht, bleib liegen, du Tölpel.«

»Wie haben Sie's fertiggebracht, einen so nervösen Hund herzulocken, Filipp Filippowitsch?« fragte eine freundliche Männerstimme, und die Trikotunterhose wurde heruntergerollt. Es roch nach Tabak, im Schrank klirrten Glasgefäße.

»Mit Freundlichkeit. Sie ist die einzige Methode zum Umgang mit einem Lebewesen. Mit Terror ist bei einem Tier gar nichts zu erreichen, auf welcher Entwicklungsstufe es auch stehen mag. Das habe ich schon immer behauptet, und ich werde es immer behaupten. Die bilden sich ein, daß Terror ihnen helfen könnte. Nein, nein, er hilft nicht, egal, ob er weiß oder rot ist oder gar braun! Terror lähmt das Nervensystem. Sina! Ich habe diesem Spitzbuben für einen Rubel vierzig Kopeken Krakauer Wurst gekauft. Sei so freundlich und gib sie ihm, wenn die Übelkeit vergangen ist.«

Die Glasscherben wurden klirrend zusammengekehrt, und die Frauenstimme versetzte kokett:

»Krakauer! Mein Gott, Sie hätten ihm für zwanzig Kopeken Abfälle kaufen sollen. Die Krakauer esse ich lieber selbst.«

»Versuch's nur. Ich werd dir helfen! Für den menschlichen Magen ist das Gift. Du bist ein erwachsenes Mädchen, aber du stopfst jeden Dreck in den Mund wie ein Kind. Untersteh dich! Ich warne dich: Weder ich noch Doktor Bormental werden uns um dich kümmern, wenn du Bauchschmerzen bekommst. ›Jeden, der da sagen wollte, eine andere käme dir gleich.‹«

In diesem Moment klirrte ein sanftes Klingeln durch die Wohnung, und aus der fernen Diele drangen Stimmen. Das Telephon klingelte. Sina verschwand.

Der Professor warf den Rest der Papirossa in den Eimer, knöpfte den Kittel zu, strich vor dem Wandspiegel den buschigen Schnurrbart glatt und rief den Hund: »Ft-ft. Na, schon gut, schon gut. Komm mit in die Sprechstunde.«

Der Hund stand mit unsicheren Beinen auf, er schwankte und zitterte, erholte sich aber rasch und folgte dem wehenden Kittel des Professors. Wieder ging es durch den schmalen Korridor, aber der war jetzt von oben hell erleuchtet. Als die lackierte Tür aufging, betrat er mit dem Professor das Sprechzimmer, das ihn mit seiner Ausstattung blendete. Vor allem war es lichtdurchflutet: Unter der Stuckdecke leuchtete es, auf dem Schreibtisch leuchtete es, und es leuchtete an der Wand und in den Glasschränken. Das Licht beschien eine Unzahl von Gegenständen, von denen der spannendste eine riesige Eule war, die an der Wand auf einem Ast saß.

»Platz«, befahl der Professor.

Die gegenüberliegende holzgeschnitzte Tür ging auf, und herein kam der Gebissene, der jetzt im hellen Licht ein schöner junger Mann mit Spitzbart war. Er gab dem Professor ein Krankenblatt und sagte: »Der von neulich.«

Er verschwand geräuschlos. Der Professor schlug die Kittelschöße zurück, setzte sich an den gewaltigen Schreibtisch und sah sogleich würdevoll und repräsentabel aus.

Nein, das ist keine Klinik, ich bin bei einer anderen Stelle gelandet, dachte der Hund und legte sich auf das Teppichmuster bei dem schweren Ledersofa. Und die Eule, die nehm ich mir noch vor.

Die Tür öffnete sich weich, und herein kam ein Mann, der den Hund so sehr verblüffte, daß er, wenn auch zaghaft, kläffte.

»Still! Oho, Sie sind ja nicht wiederzuerkennen, mein Bester.«

Der Ankömmling machte dem Professor höflich und verlegen eine Verbeugung.

»Hihi! Sie sind ein Magier und Zauberer, Professor«, sagte er verwirrt.

»Ziehen Sie die Hose aus, mein Bester«, befahl der Professor und stand auf.

Herr Jesus, dachte der Hund, ist das ein Früchtchen!

Auf dem Kopf des Früchtchens wuchsen völlig grüne Haare, die am Hinterkopf in rostigem Tabakbraun schimmerten. Falten zerflossen im Gesicht, das aber rosa war wie bei einem Säugling. Das linke Bein war steif und wurde auf dem Teppich nachgezogen, dafür hüpfte das rechte wie bei einem Kinderhampelmann. Auf dem Revers des prachtvollen Jacketts prangte wie ein Auge ein Edelstein.

Vor Interesse verging dem Hund die Übelkeit.

»Wuff, wuff!« kläffte er leise.

»Still! Wie ist Ihr Schlaf, mein Bester?«

»Hähä. Sind wir allein, Professor? Es ist unbeschreiblich«, sagte der Besucher verschämt. »Parole d'honneur, seit fünfundzwanzig Jahren nichts Vergleichbares.« Das Subjekt griff nach dem Hosenknopf. »Glauben Sie mir, Professor, jede Nacht nackte Mädchen haufenweise. Ich bin gradezu hingerissen. Sie sind ein Zauberer.«

»Hm«, brummte der Professor besorgt und blickte in die Pupillen des Besuchers.

Der wurde endlich mit den Knöpfen fertig und ließ die gestreifte Hose herunter. Nun stand er in niegesehenen Unterhosen da. Sie waren cremefarbig, mit schwarzen Seidenkätzchen bestickt und rochen nach Parfüm.

Der Hund ertrug die Katzen nicht und schlug so laut an, daß das Subjekt hochhüpfte.

»Au!«

»Du kriegst Dresche! Keine Angst, er beißt nicht.«

Was, ich beiße nicht? dachte der Hund verwundert.

Aus der Hosentasche des Besuchers fiel ein kleiner Umschlag auf den Teppich, darauf war eine Schönheit mit aufgelösten Haaren abgebildet. Das Subjekt hüpfte hoch, bückte sich, hob es auf und lief rot an.

»Aber passen Sie auf«, sagte der Professor mürrisch und warnend und drohte ihm mit dem Finger. »Sehen Sie zu, daß Sie's nicht übertreiben!«

»Das tu ich nicht«, murmelte das Subjekt verlegen und zog sich weiter aus. »Bloß so zum Probieren, teurer Professor.«

»Na und? Mit was für Ergebnissen?« fragte der Professor streng.

Das Subjekt schwenkte ekstatisch die Hand.

»Ich schwöre bei Gott, Professor, seit fünfundzwanzig Jahren nichts Vergleichbares. Das letzte Mal 1899 in Paris, Rue de la Paix.«

»Und warum sind Ihre Haare grün?«

Das Gesicht des Besuchers bezog sich.

»Verfluchte Firma! Sie können sich nicht vorstellen, Professor, was diese Halunken mir statt der Farbe angedreht haben. Sehen Sie nur«, murmelte er und suchte mit den Blicken nach einem Spiegel. »Man müßte sie verprügeln!« fügte er mit wachsender Wut hinzu. »Was soll ich jetzt machen, Professor?« fragte er weinerlich.

»Hm. Kahlrasieren.«

»Aber Professor«, rief der Besucher kläglich, »dann wachsen doch wieder graue nach. Außerdem kann ich mich im Dienst nicht blicken lassen, ich bleibe sowieso schon den dritten Tag zu Hause. Ach, Professor, Sie müßten eine Methode entdekken, auch die Haare zu verjüngen!«

»Eins nach dem andern«, brubbelte der Professor.

Er beugte sich vor, untersuchte mit blitzenden Augen den nackten Bauch des Patienten und sagte: »Na, das sieht ja prächtig aus, alles in schönster Ordnung. Ehrlich gesagt, ein solches Resultat hätte ich nicht erwartet. ›So viel Blut, so viele Lieder.‹ Sie können sich anziehen, mein Bester!«

»›Ich seh gern die Schönste wieder!‹« fiel der Patient mit einer Stimme ein, die wie eine Bratpfanne klirrte, und zog sich freudestrahlend an. Nachdem er sich in Ordnung gebracht hatte, zählte er, hüpfend und Parfümduft verströmend, dem Professor ein Päckchen helle Banknoten auf und drückte ihm zärtlich beide Hände.

»Sie brauchen erst in zwei Wochen wiederzukommen«, sagte der Professor. »Trotzdem, bitte seien Sie vorsichtig.«

»Professor!« rief die Stimme ekstatisch schon von der Tür her, »seien Sie ganz unbesorgt.« Er kicherte lüstern und verschwand. Ein Klingelzeichen durchklirrte die Wohnung, die lackierte Tür ging auf, der Gebissene kam herein, gab dem Professor ein Krankenblatt und sagte:

»Das Alter ist falsch angegeben. Bestimmt fünfundfünfzig. Herztöne etwas dumpf.«

Er verschwand, und herein rauschte eine Dame mit keck aufgebogenem Hut und einem funkelnden Kollier um den zerknitterten Hals. Scheußliche dunkle Säckchen hingen unter ihren Augen, ihre Wangen aber waren von einem puppenhaften Rosa. Sie war stark erregt.

»Gnädige Frau, wie alt sind Sie?« fragte der Professor sehr streng.

Die Dame erschrak und erbleichte sogar unter der Farbkruste. »Professor, ich schwöre Ihnen, wenn Sie nur wüßten, was für ein Drama!«

»Wie alt sind Sie, gnädige Frau?« wiederholte der Professor noch strenger.

»Ehrenwort ... Na, fünfundvierzig.«

»Gnädige Frau«, schrie der Professor, »ich werde erwartet. Halten Sie mich bitte nicht auf. Sie sind nicht die einzige!«

Die Brust der Dame hob sich stürmisch.

»Ich sag's nur Ihnen, einer Leuchte der Wissenschaft. Aber ich schwöre, das ist ja so entsetzlich.«

»Wieviel Jahre sind Sie alt?« kreischte der Professor wütend, und seine Brille blitzte.

»Einundfünfzig!« Die Dame wand sich ängstlich.

»Ziehen Sie die Hose aus, gnädige Frau«, sagte der Professor erleichtert und zeigte auf ein hohes weißes Schafott in der Ecke.

»Ich schwöre Ihnen, Professor«, murmelte die Dame, während sie mit zitternden Fingern irgendwelche Knöpfe am Gürtel öffnete, »dieser Moritz … Ich gestehe es Ihnen wie bei der Beichte …«

»›Von Sevilla bis Granada‹«, trällerte der Professor gelangweilt und trat das Pedal des marmornen Waschbeckens. Wasser rauschte.

»Ich schwöre bei Gott!« sagte die Dame, und lebendige Farbflecke drangen durch die künstliche Schicht auf ihren Wangen. »Ich weiß, es ist meine letzte Leidenschaft. Er ist ja solch ein Schuft! Oh, Professor! Er ist Falschspieler, den kennt ganz Moskau. Er kann keine einzige schäbige Modistin auslassen. Er ist ja auch so diabolisch jung.« Die Dame murmelte es und holte unter ihren rauschenden Röcken einen zusammengeknüllten Spitzenfetzen hervor.

Der Hund war gänzlich benommen, und in seinem Kopf kehrte sich das Unterste zuoberst.

Hol euch alle der Teufel, dachte er trüb, legte den Kopf auf die Pfoten und döste ein vor Scham. Ich will auch gar nicht versuchen, zu begreifen, was das alles soll, ich begreif's ja doch nicht.

Er erwachte von der Klingel und sah den Professor irgendwelche blanken Röhrchen in eine Schüssel werfen.

Die fleckige Dame drückte die Hände an die Brust und sah den Professor hoffnungsvoll an. Der runzelte gewichtig die Stirn, setzte sich an den Schreibtisch und schrieb etwas.

»Gnädige Frau, ich werde Ihnen die Eierstöcke

einer Äffin einsetzen«, verkündete er mit strengem Blick.

»Ach, Professor, müssen sie wirklich von einer Äffin sein?«

»Ja«, antwortete der Professor unbeugsam.

»Wann soll die Operation sein?« fragte die Dame erbleichend mit schwacher Stimme.

»›Von Sevilla bis Granada ...‹ Hm ... am Montag. Kommen Sie am Morgen in die Klinik. Mein Assistent wird Sie vorbereiten.«

»Aber ich möchte nicht in die Klinik. Geht es nicht bei Ihnen, Professor?«

»Schauen Sie, bei mir operiere ich nur in äußersten Fällen. Und es ist sehr teuer – fünfhundert Rubel.«

»Einverstanden, Professor!«

Wieder rauschte Wasser, der Federhut schwankte von dannen, und nun erschien ein Kopf, so kahl wie ein Teller, und umarmte den Professor. Der Hund döste, die Übelkeit war weg, er genoß es, daß die Seite nicht mehr schmerzte, genoß auch die Wärme, schnarchte sogar einmal auf und hatte einen kurzen, angenehmen Traum: Er reißt der Eule ein ganzes Büschel Federn aus dem Schwanz ... Dann kläffte eine erregte Stimme über ihm: »Ich bin zu bekannt in Moskau, Professor. Was soll ich machen?«

»Um Himmels willen«, schrie der Professor entrüstet, »so geht das nicht. Man muß sich beherrschen. Wie alt ist das Mädchen?«

»Vierzehn, Professor. Verstehen Sie, wenn das bekannt wird, bin ich erledigt. Ich mache in den nächsten Tagen eine Dienstreise ins Ausland.«

»Aber ich bin doch kein Jurist, mein Bester! Warten Sie noch zwei Jahre ab und heiraten Sie sie.«

»Ich bin verheiratet, Professor.«

»Ach du meine Güte!«

Die Tür ging immer wieder auf, die Gesichter wechselten, Instrumente klirrten im Schrank, der Professor arbeitete unablässig.

Eine unanständige Wohnung, dachte der Hund, aber so schön! Bloß was zum Teufel will er mit mir? Ob er mich am Leben läßt? Komischer Kerl! Dabei brauchte er nur mit der Wimper zu zucken, und schon hätte er einen Hund, daß man nur staunen würde! Aber vielleicht bin ich auch schön. Das muß wohl mein Glück sein! Aber die Eule da, die ist gemein ... So frech.

Endgültig wach wurde der Hund erst spät am Abend, als das ewige Klingeln aufgehört hatte, in dem Moment, als die Tür besondere Besucher einließ. Sie waren gleich zu viert. Alles junge Leute, sehr bescheiden angezogen.

Was wollen die denn? dachte der Hund verwundert. Noch viel feindseliger empfing sie der Professor. Er stand am Schreibtisch und blickte sie an wie ein Feldherr die Feinde. Die Flügel seiner Habichtsnase blähten sich. Die vier traten auf dem Teppich von einem Bein aufs andere.

»Wir kommen zu Ihnen, Professor«, sagte einer von ihnen, der auf dem Kopf eine ein viertel Arschin hohe Mähne aus dichtem Lockenhaar trug, »in folgender Angelegenheit ...«

»Meine Herren, Sie sollten bei diesem Wetter Galoschen tragen«, fiel ihm der Professor belehrend ins Wort, »erstens erkälten Sie sich sonst, und zweitens haben Sie mir die Teppiche schmutzig gemacht, und es sind alles Perserteppiche.«

Der mit der Mähne verstummte, alle vier starrten den Professor verblüfft an. Das Schweigen dauerte mehrere Sekunden und wurde vom Fingertrommeln des Professors auf einer bemalten Holzschale ausgefüllt.

»Erstens sind wir keine Herren«, sagte endlich der Jüngste der vier, der ein Gesicht wie ein Pfirsich hatte.

»Zweitens«, unterbrach ihn der Professor, »sind Sie ein Mann oder eine Frau?«

Die vier verstummten abermals mit offenem Mund. Diesmal besann sich als erster der mit der Mähne.

»Was macht das für einen Unterschied, Genosse?« fragte er hochmütig.

»Ich bin eine Frau«, gestand der Jüngling mit dem Pfirsichgesicht, der eine Lederjacke trug, und errötete heftig. Daraufhin errötete noch heftiger ein weiterer der vier, ein blonder junger Mann mit Pelzmütze.

»Dann können Sie Ihre Mütze aufbehalten, aber Sie, mein Herr, muß ich bitten, die Kopfbedeckung abzunehmen«, sagte der Professor mißbilligend.

»Ich bin kein Herr«, sagte der Blonde scharf und nahm die Pelzmütze ab.

»Wir kommen zu Ihnen«, fing der mit der schwarzen Mähne wieder an.

»Zunächst einmal, wer ist das, wir?«

»Wir sind die neue Hausverwaltung«, sagte der Schwarzmähnige mit unterdrückter Wut. »Ich heiße Schwonder, sie heißt Wjasemskaja, und das sind die Genossen Pestruchin und Sharowkin. Wir kommen also ...«

»Sind Sie das, die in die Wohnung von Wassili Pawlowitsch Sablin einquartiert wurden?«

»Ja«, antwortete Schwonder.

»Mein Gott, das Kalabuchow-Haus ist verloren!«

rief der Professor verzweifelt und schlug die Hände zusammen.

»Professor, machen Sie sich lustig?«

»Lustig? Verzweifelt bin ich«, schrie der Professor. »Was soll jetzt aus der Dampfheizung werden?«

»Spotten Sie, Professor Preobrashenski?«

»In welcher Angelegenheit kommen Sie? Fassen Sie sich möglichst kurz, ich gehe jetzt essen.«

»Wir, die Hausverwaltung«, sagte Schwonder haßerfüllt, »kommen zu Ihnen nach der Mieterversammlung unseres Hauses, auf der die Frage der Wohnraumverkleinerung in unserm Hause stand ...«

»Wer hat auf wem gestanden?« schrie der Professor. »Versuchen Sie, Ihre Gedanken klarer darzulegen.«

»Es stand die Frage der Wohnraumverkleinerung.«

»Genug! Ich habe begriffen! Ist Ihnen bekannt, daß laut Beschluß vom 12. August meine Wohnung von jedweder Verkleinerung und Einquartierung befreit ist?«

»Es ist uns bekannt«, antwortete Schwonder, »aber die Mieterversammlung hat diese Frage untersucht und ist zu dem Schluß gelangt, daß Sie übermäßig viel Wohnraum beanspruchen. Viel zuviel. Sie bewohnen allein sieben Zimmer.«

»Ich wohne und arbeite in sieben Zimmern«, antwortete der Professor, »und ich könnte ein achtes gebrauchen. Als Bibliothek.«

Die vier standen starr.

»Ein achtes! Hähä«, sagte der Blonde, der die Kopfbedeckung abgenommen hatte. »Das ist ja unerhört.«

»Nicht zu fassen!« rief der Jüngling, der sich als Frau entpuppt hatte.

»Ich habe ein Sprechzimmer – wohlbemerkt, es ist zugleich die Bibliothek, ein Eßzimmer, mein Arbeitszimmer, macht drei. Untersuchungszimmer – vier, Operationszimmer – fünf. Mein Schlafzimmer – sechs, das Zimmer meiner Hausgehilfin – sieben. Mir fehlt also ... Aber unwichtig. Meine Wohnung ist unantastbar und das Gespräch beendet. Kann ich essen gehen?«

»Entschuldigung«, sagte der vierte, der wie ein kräftiger schwarzer Käfer aussah.

»Entschuldigung«, unterbrach ihn Schwonder, »wegen des Eßzimmers und des Untersuchungszimmers kommen wir ja grade. Die Mieterversammlung bittet Sie, im Rahmen der Arbeitsdisziplin freiwillig auf das Eßzimmer zu verzichten. Ein Eßzimmer hat in Moskau kein Mensch.«

»Nicht mal Isadora Duncan«, rief die Frau schrill.

Mit dem Professor ging etwas vor, demzufolge sein Gesicht puterrot anlief und er keinen Laut hervorbrachte, sondern abwartete, was weiter kam.

»Und auf das Untersuchungszimmer«, fuhr Schwonder fort, »die Untersuchungen können Sie sehr gut im Arbeitszimmer vornehmen.«

»Soso«, sagte der Professor mit seltsamer Stimme, »und wo soll ich meine Nahrung zu mir nehmen?«

»Im Schlafzimmer«, antworteten die vier im Chor.

Des Professors Röte ging in Grautöne über.

»Im Schlafzimmer Nahrung einnehmen«, sagte er mit leicht gedämpfter Stimme, »im Untersuchungszimmer lesen, in der Diele ankleiden, im Zimmer der Hausgehilfin operieren, im Eßzimmer untersuchen. Durchaus möglich, daß Isadora Duncan das so macht. Vielleicht speist sie im Arbeitszimmer und seziert im Badezimmer Kaninchen. Mag sein. Aber ich bin nicht Isadora Duncan!« kläffte er plötzlich, und sein Gesicht wurde gelb. »Ich will im Eßzimmer essen und im Operationszimmer operieren! Richten Sie das der Mieterversammlung aus! Und jetzt ersuche ich Sie ergebenst, zu Ihren Angelegenheiten zurückzukehren und mir die Möglichkeit einzuräumen, meine Nahrung da zu mir zu nehmen, wo normale Menschen sie zu sich nehmen, nämlich im Eßzimmer, nicht in der Diele und nicht im Kinderzimmer.«

»Dann, Professor, angesichts Ihres hartnäckigen Widerstands«, sagte Schwonder erregt, »werden wir über Sie eine Beschwerde an die höheren Instanzen einreichen.«

»Aha«, sagte der Professor. »So?« Seine Stimme nahm einen verdächtig höflichen Klang an. »Bitte warten Sie ein Momentchen.«

Das ist ein Kerl, dachte der Hund begeistert. Ganz wie ich. Au, gleich wird er sie beißen, und wie. Ich weiß noch nicht, auf welche Weise, aber er wird sie beißen. Schlag sie! Diesen Langbeinigen möchte ich oberhalb des Stiefels in die Kniesehne beißen ... rrr ...

Der Professor nahm den Hörer ab und sprach hinein:

»Bitte ... ja ... danke. Geben Sie mir bitte Pjotr Alexandrowitsch. Professor Preobrashenski. Pjotr Alexandrowitsch? Schön, daß ich Sie erreiche. Danke, gut. Pjotr Alexandrowitsch, Ihre Operation entfällt. Was? Nein, ganz und gar. Ebenso alle anderen Operationen. Das will ich Ihnen sagen: Ich beende meine Arbeit in Moskau und überhaupt in Rußland. Eben sind vier Personen zu mir gekommen, darunter eine als Mann verkleidete Frau, zwei mit Revolvern bewaffnet, die terrorisieren mich in meiner Wohnung, um sie mir teilweise wegzunehmen.«

»Erlauben Sie mal, Professor«, begann Schwonder erbleichend.

»Entschuldigen Sie ... Es ist mir nicht möglich, alles wiederzugeben, was die gesagt haben. Ich bin kein Freund von sinnlosem Geschwätz. Nur soviel – sie haben mir nahegelegt, auf mein Untersuchungszimmer zu verzichten, mit anderen Worten, sie haben mich in die Notwendigkeit versetzt, Sie da zu operieren, wo ich bisher Kaninchen seziert habe. Unter solchen Bedingungen kann und darf ich nicht arbeiten. Darum stelle ich meine Tätigkeit ein, schließe die Wohnung ab und fahre nach Sotschi. Die Schlüssel kann ich Schwonder geben. Soll er Sie operieren.«

Die vier standen wie angewurzelt. Auf ihren Stiefeln schmolz der Schnee.

»Was soll ich machen ... Ist mir ja selber unangenehm ... Wie? O nein, Pjotr Alexandrowitsch! O nein. Das mache ich nicht mehr mit. Meine Geduld ist erschöpft. Das ist schon der zweite Vorfall seit August ... Wie? Hm ... Wie Sie möchten. Von mir aus. Aber unter einer Bedingung: Wer, wann, was, das ist mir egal, aber ich brauche ein Papier, das dafür sorgt, daß weder Schwonder noch sonstwer je wieder meiner Wohnung zu nahe kommt. Ein endgültiges Papier. Ein wirksames. Ein echtes! Ein Schutzdokument. Mein Name darf nie wieder erwähnt werden. Schluß. Ich will für die gestorben sein. Ja, ja. Bitte. Wer? Aha ... Na, das klingt schon besser. Aha ... Gut. Ich übergebe den Hörer. Seien Sie so liebenswürdig«, sagte der Professor scheinheilig zu Schwonder, »man will mit Ihnen sprechen.«

»Erlauben Sie, Professor«, sagte Schwonder, der abwechselnd rot und blaß wurde, »Sie haben unsere Worte verdreht.«

»Ich ersuche Sie, nicht solche Ausdrücke zu gebrauchen.«

Schwonder nahm verwirrt den Hörer und sagte:

»Ich höre, Ja ... Vorsitzender des Hauskomitees ... Wir haben doch nach den Vorschriften gehandelt ... Der Professor hat sowieso eine Ausnahmestellung ... Wir wissen von seinen Arbeiten ... Ganze fünf Zimmer wollten wir ihm lassen ... Na gut ... Wenn's so ist ... Gut ...«

Puterrot hängte er den Hörer ein und drehte sich um.

Wie er den abgefertigt hat! Ist das ein Kerl! dachte der Hund hingerissen. Er weiß wohl ein Zauberwort? Na, jetzt könnt ihr mich verprügeln, wie ihr wollt, ich geh hier nie wieder weg.

Die drei sahen offenen Mundes Schwonder an, der dastand wie bespuckt.

»Eine Schande!« sagte er zaghaft.

»Wenn wir jetzt mit diesem Pjotr Alexandrowitsch diskutieren könnten«, sagte die Frau erregt und errötend, »dann würde ich ihm schon beweisen ...«

»Verzeihung, möchten Sie die Diskussion in diesem Moment eröffnen?« fragte der Professor höflich.

Dic Augen der Frau glühten.

»Ich verstehe Ihre Ironie, Professor, wir gehen gleich. Aber ich als Leiter der Kulturabteilung unseres Hauses ...«

»Lei-te-rin«, verbesserte sie der Professor.

»Ich möchte Ihnen Zeitschriften anbieten«, sagte die Frau und zog ein paar bunte und vom Schnee feuchte Zeitschriften aus der Lederjacke. »Zugunsten der Kinder in Deutschland. Einen halben Rubel das Stück.«

»Nein, ich nehme keine«, antwortete der Professor kurz mit einem Seitenblick auf die Zeitschriften.

Totale Verblüffung malte sich auf den Gesichtern, und die Frau lief preiselbeerrot an.

»Warum nicht?«

»Ich will nicht.«

»Haben Sie kein Mitleid mit den Kindern in Deutschland?«

»Doch, ich habe.«

»Tut Ihnen der halbe Rubel leid?«

»Nein.«

»Warum also?«

»Ich will nicht.«

Schweigen.

»Wissen Sie, Professor«, sagte die junge Frau mit einem Stoßseufzer, »wenn Sie nicht eine europäische Größe wären und nicht die empörende Unterstützung« (der Blonde zupfte sie an der Jacke, aber sie wehrte ihn ab) »von Personen hätten, die wir uns – da bin ich ganz sicher – noch näher ansehen werden, müßte man Sie verhaften.«

»Wofür?« fragte der Professor neugierig.

»Weil Sie das Proletariat hassen!« sagte die Frau stolz.

»Ja, ich mag das Proletariat nicht«, gab der Professor traurig zu und drückte auf einen Knopf. Irgendwo klingelte es. Die Korridortür ging auf.

»Sina«, rief der Professor. »Trag das Essen auf. Sie gestatten, meine Herren?«

Die vier verließen schweigend das Arbeitszimmer, durchquerten schweigend das Sprechzimmer und die Diele, dann fiel hinter ihnen schwer und schallend die Wohnungstür ins Schloß.

Der Hund stellte sich auf die Hinterpfoten und vollführte vor dem Professor einen rituellen Tanz.

3

Auf den mit paradiesischen Blumen bemalten Tellern, die einen schwarzen Rand hatten, hauchdünne Lachsscheiben und marinierter Aal. Auf einem schweren Brett ein Stück tränender Käse. In einem Silbernapf, mit Schnee umlegt, Kaviar. Zwischen den Tellern ein paar schlanke Gläser und drei Kristallkaraffen mit Wodka verschiedener Farbe. Alle diese Dinge befanden sich auf einem Marmortischchen, gemütlich herangerückt an das mächtige geschnitzte Eichenbüfett, das gläserne und silberne Lichtbündel versprühte. Mitten im Zimmer stand schwer wie eine Grabplatte ein Tisch, mit einem weißen Tafeltuch bedeckt, darauf zwei Gedecke, Servietten, wie eine päpstliche Tiara gefaltet, und drei dunkle Flaschen.

Sina brachte eine zugedeckte Silberschüssel, in der es brodelte. Von der Schüssel ging ein Geruch aus, daß sich die Schnauze des Hundes im Nu mit Speichel füllte. Die Gärten der Semiramis! dachte er und klopfte mit dem Schwanz wie mit einem Knüppel aufs Parkett.

»Her damit«, befahl der Professor mit Raubtiermiene. »Doktor Bormental, ich bitte Sie, lassen Sie doch den Kaviar. Und wenn Sie einen guten Rat hören wollen, dann schenken Sie sich nicht englischen, sondern gewöhnlichen russischen Wodka ein.«

Der schöne Gebissene, schon ohne Kittel, in einem anständigen schwarzen Anzug, ruckte mit den breiten Schultern, griente höflich und schenkte klaren Wodka ein.

»Ist das der gepriesene neue?« fragte er.

»Ich bitte Sie, mein Bester«, antwortete der Hausherr. »Das ist Sprit. Darja Petrowna macht daraus hervorragenden Wodka.«

»Aber Filipp Filippowitsch, alle behaupten, der dreißigprozentige wäre ganz anständig.«

»Wodka muß vierzig Prozent haben und nicht dreißig, soviel erstens«, dozierte der Professor, »und zweitens, weiß Gott, was die da alles reintun. Wissen Sie denn, was denen so einfällt?«

»Alles nur Denkbare«, sagte der Gebissene überzeugt.

»Das meine ich auch«, fügte der Professor hinzu und kippte sich mit einem Ruck den Inhalt des Glases in den Hals. »Hm ... Doktor Bormental, runter damit, und wenn Sie sagen, das wäre ... bin ich Ihr Todfeind fürs ganze Leben. Von Sevilla bis Granada ...«

Bei diesen Worten spießte er mit der breitgeschwungenen Silbergabel etwas auf, was wie ein kleines dunkles Brötchen aussah. Der Gebissene folgte seinem Beispiel. Die Augen des Professors leuchteten.

»Ist das schlecht?« fragte er kauend. »Ist das schlecht? Antworten Sie, geehrter Doktor.«

»Unvergleichlich«, antwortete der Gebissene aufrichtig.

»Das will ich meinen. Merken Sie sich, Iwan Arnoldowitsch, kalte Vorspeisen und Suppen essen zum Wodka nur die von den Bolschewiken übriggelassenen Gutsbesitzer. Jeder, der ein bißchen auf sich hält, gebraucht warme Vorspeisen. Und von allen warmen Moskauer Vorspeisen ist dies die beste. Früher wurde sie im Slawischen Basar hervorragend zubereitet. Da, nimm.«

»Wenn Sie dem Hund im Eßzimmer was geben«, sagte eine Frauenstimme, »kriegen den keine zehn Pferde mehr von hier weg.«

»Macht nichts. Der Ärmste ist ausgehungert.« Der Professor reichte dem Hund mit der Gabel einen Happen, den dieser mit der Geschicklichkeit eines Trickkünstlers entgegennahm, und warf die Gabel krachend in das Spülgefäß.

Dann stieg von den Tellern Dampf auf, der nach Krebsen duftete; der Hund saß im Schatten des Tischtuchs mit der Miene eines Postens, der das Pulvermagazin bewacht. Der Professor schob sich das Ende der steifen Serviette hinter den Kragen und predigte:

»Das Essen, Iwan Arnoldowitsch, ist eine verzwickte Sache. Man muß sich darauf verstehen, und stellen Sie sich vor, die meisten Menschen verstehen sich nicht darauf. Man muß nicht nur wissen, was man ißt, sondern auch wann und wie.« Der Professor schwenkte vielsagend den Löffel. »Und was man dabei spricht. Jawohl. Wenn Ihnen Ihre Verdauung am Herzen liegt, gebe ich Ihnen den guten Rat: Sprechen Sie bei Tisch nie vom Bolschewismus und von der Medizin. Und lesen Sie, gottbehüte, vor dem Essen nie sowjetische Zeitungen.«

»Hm ... Aber andere gibt's ja nicht.«

»Dann lesen Sie gar keine. Wissen Sie, ich habe

in meiner Klinik dreißig Fälle beobachtet. Und was glauben Sie? Patienten, die keine Zeitungen lesen, fühlen sich ausgezeichnet. Diejenigen aber, die ich gezwungen habe, die ›Prawda‹ zu lesen, haben abgenommen.«

»Hm«, brummte der Gebissene interessiert, rosig von Suppe und Wein.

»Mehr noch. Der Kniereflex war bei ihnen vermindert, der Appetit miserabel und die Seelenverfassung niedergedrückt.«

»So was ...«

»Jawohl. Aber was mache ich da? Ich rede ja selber von der Medizin.«

Der Professor lehnte sich zurück und läutete, und in der kirschroten Portiere erschien Sina. Der Hund bekam ein dickes, blasses Stück Stör, der ihm nicht schmeckte, und gleich danach eine Scheibe blutiges Roastbeef. Nachdem er es verputzt hatte, merkte er plötzlich, daß er müde war und kein Essen mehr sehen konnte. Seltsames Gefühl, dachte er und klappte die schwergewordenen Lider zu, meine Augen möchten keine Nahrung mehr sehen. Aber nach dem Essen zu rauchen ist eine Dummheit.

Das Eßzimmer füllte sich mit unangenehmem blauem Qualm. Der Hund döste, den Kopf auf den Vorderpfoten.

»Der Saint-Julien ist ein anständiger Wein«, hörte er im Halbschlaf, »aber man kriegt ihn nirgends.«

Ein von der Decke und den Teppichen gedämpfter Choral drang von oben und von der Seite herein.

Der Professor läutete, und Sina erschien.

»Sina, was hat das zu bedeuten?«

»Schon wieder eine Mieterversammlung, Filipp Filippowitsch«, antwortete sie.

»Schon wieder!« rief der Professor traurig. »Na, jetzt geht's los, jetzt ist das Kalabuchow-Haus verloren. Man müßte abreisen, fragt sich bloß wohin. Alles wird gehen wie geschmiert. Zuerst gibt's jeden Abend Gesang, dann frieren im Klo die Rohre ein, dann platzt der Kessel der Dampfheizung und so weiter. Unser Haus ist hin.«

»Der Professor grämt sich«, bemerkte Sina lächelnd und trug einen Stoß Teller hinaus.

»Wie sollte ich mich nicht grämen?« schrie der Professor. »Was war das einmal für ein Haus, verstehen Sie doch!«

»Sie sehen die Dinge zu düster, Filipp Filippowitsch«, widersprach der schöne Gebissene. »Die haben sich jetzt sehr geändert.«

»Mein Bester, Sie kennen mich doch, oder nicht? Ich bin ein Mann der Fakten, der Beobachtung, und ein Feind unbegründeter Hypothesen. Das weiß man nicht nur in Rußland, sondern auch in Europa. Wenn ich etwas sage, liegt dem ein Fakt zugrunde, aus dem ich einen Schluß ziehe. Hier haben Sie einen Fakt: Garderobenhaken und Galoschenständer in unserem Haus.«

»Interessant ...«

Galoschen, Quatsch. Die machen nicht glücklich, dachte der Hund. Auf die hervorragende Persönlichkeit kommt es an.

»Schauen Sie, der Galoschenständer. Ich wohne seit 1903 in diesem Haus. In der ganzen Zeit bis März 1917 ist es nicht ein einziges Mal vorgekommen, ich unterstreiche mit Rotstift, nicht ein einziges Mal, daß aus unserm Hausflur unten bei nicht verschlossener Tür auch nur ein Paar Galoschen verschwunden wäre. Bedenken Sie, wir haben hier zwölf Wohnungen, und ich halte Sprechstunde ab. Im März 1917 verschwanden eines schönen Tages sämtliche Galoschen, darunter zwei Paar von mir, drei Stöcke, ein Mantel und der Samowar des Portiers. Seitdem hat der Galoschenständer seine Existenz eingestellt. Mein Bester, ich rede schon gar nicht von der Dampfheizung. Nein. Von mir aus, wenn wir schon soziale Revolution haben, braucht nicht mehr geheizt zu werden. Aber ich frage: Warum gehen alle, seit die ganze Geschichte angefangen hat, in schmutzigen Galoschen und Filzstiefeln über die Marmortreppe? Warum muß man die Galoschen immer noch unter Verschluß halten? Und womöglich einen Soldaten hinstellen, damit sie nicht gestohlen werden? Warum ist der Teppichläufer von der Vordertreppe verschwunden? Verbietet etwa Karl Marx, auf der Treppe einen Teppichläufer liegen zu haben? Heißt es etwa irgendwo bei Karl Marx, der zweite Aufgang des Kalabuchow-Hauses in der Pretschistenka müsse mit Brettern vernagelt werden und man müsse um das Haus herum und über den Hinterhof gehen? Wer braucht das? Warum läßt ein Proletarier nicht seine Galoschen unten, statt den Marmor zu beschmutzen?«

»Aber er hat doch gar keine Galoschen, Filipp Filippowitsch«, wollte der Gebissene widersprechen.

»Das stimmt nicht!« antwortete der Professor mit Donnerstimme und schenkte sich ein Glas Wein ein. »Hm … ich mag nach dem Essen keine Liköre, sie machen einen träge und greifen die Leber an … Es stimmt nicht! Er hat jetzt Galoschen, und diese Galoschen sind meine! Es sind genau die Galoschen, die im Frühjahr 1917 verschwunden sind. Nun fragt sich, wer hat sie entwendet? Ich? Das kann nicht sein. Der Burshui Sablin?« Der Professor zeigte zur Decke. »Lächerliche Vorstellung. Der Zuckerfabrikant Polosow?« Der Professor zeigte zur Seite. »Gewiß nicht! Das waren diese Sänger. Jawohl! Wenn sie sie wenigstens auf der Treppe ausziehen würden!« Der Professor lief rot an. »Weshalb zum Teufel sind die Blumen von den Treppenabsätzen entfernt worden? Weshalb geht das elektrische Licht, das, wenn ich mich recht entsinne, im Verlauf von zwanzig Jahren nur zweimal erloschen ist, gegenwärtig genau einmal im Monat aus? Doktor Bormental, die Statistik ist was Entsetzliches. Sie kennen meine letzte Arbeit und wissen das besser als jeder andere.«

»Die Zerrüttung, Filipp Filippowitsch.«

»Nein«, widersprach der Professor mit Überzeugung. »Nein. Sie, lieber Iwan Arnoldowitsch, sollten als erster auf den Gebrauch dieses Wortes verzichten. Es ist ein Trugbild, Rauch, Fiktion.« Der Professor spreizte die kurzen Finger, wovon zwei Schatten wie Schildkröten übers Tischtuch krochen. »Was ist das, Ihre Zerrüttung? Eine alte Frau mit Krückstock? Eine Hexe, die sämtliche Scheiben zerschlagen und sämtliche Lampen gelöscht hat? Die gibt's doch gar nicht. Was verstehen Sie unter diesem Wort?« fragte er wütend die unglückliche Pappente, die mit den Füßen nach oben neben dem Büfett hing, und gab statt ihrer die Antwort: »Ich will es Ihnen sagen: wenn ich, statt jeden Abend zu operieren, anfange, in meiner Wohnung Chorgesänge zu veranstalten, beginnt bei mir die Zerrüttung. Wenn ich in der Toilette, entschuldigen Sie den Ausdruck, am Becken vorbeipinkele und wenn Sina und Darja Petrowna es ebenso machen, beginnt in der Toilette die Zerrüttung. Folglich fängt die Zerrüttung nicht in den Toiletten an, sondern in den Köpfen. Also, wenn diese Holzköpfe ›Nieder mit der Zerrüttung!‹ schreien, kann ich nur lachen.« Das Gesicht des Professors verzerrte sich dermaßen, daß der Gebissene den Mund aufriß. »Ich schwöre Ihnen, dann muß ich lachen! Es bedeutet, daß jeder von denen sich selbst eins ins Genick hauen müßte! Und wenn er dann sämtliche Halluzinationen aus sich herausgeklopft hat und sich ans Aufräumen der Schuppen macht, was seine eigentliche Arbeit ist, dann hört die Zerrüttung ganz von selbst auf. Zwei Göttern kann man nicht dienen! Es ist unmöglich, gleichzeitig die Straßenbahnschienen sauberzufegen und irgendwelchen spanischen Hungerleidern helfen zu wollen! Das kann keiner, Doktor, und schon gar nicht können es Menschen, die in ihrer Entwicklung zweihundert Jahre hinter den Europäern zurück sind und bis auf den heutigen Tag ihre eigenen Hosen nicht richtig zuknöpfen!«

Der Professor hatte sich in Eifer geredet. Die Flügel seiner Habichtsnase blähten sich. Nach dem üppigen Essen hatte er Kräfte gewonnen, er tönte wie ein Prophet im Altertum, und sein Kopf glänzte silbern.

Seine Worte trafen den schläfrigen Hund wie dumpfe Erdstöße. In seinen Träumen sah er bald die Eule mit den dummen gelben Augen, bald die widerliche Visage des Kochs mit der schmutzigen weißen Mütze, bald den verwegenen Schnauzbart des Professors, von der Lampe hell beleuchtet, bald einen schläfrigen Schlitten, der knirschend verschwand. In seinem Hundemagen wurde, in Saft schwimmend, das zerkaute Stück Roastbeef verdaut.

Er könnte als Volksredner sein Geld verdienen, dachte der Hund im Traum, er ist ein erstklassiger Könner. Im übrigen scheint es ihm auch so nicht schlecht zu gehen.

»Ein Schutzmann!« schrie der Professor. »Ein Schutzmann!« Im Gehirn des Hundes platzten irgendwelche Blasen. Huuuuuh... »Ein Schutzmann! Das ist das einzige. Und es ist völlig gleich, ob er ein Blechschild trägt oder einen roten Tschako. Neben jeden Menschen einen Schutzmann stellen, der die gesanglichen Ausschreitungen unserer Bürger einschränken muß. Und sie reden von Zerrüttung! Ich sage Ihnen, in unserm Haus und in jedem anderen Haus wird sich nichts zum Besseren verändern, solange diese Sänger nicht zum Schweigen gebracht sind! Erst wenn die ihre Konzerte einstellen, kann es besser werden.«

»Sie führen konterrevolutionäre Reden, Filipp Filippowitsch«, bemerkte der Gebissene scherzhaft, »wenn das bloß gottbehüte niemand hört.«

»Keine Gefahr«, widersprach der Professor feurig. »Keine Konterrevolution. Das ist übrigens noch solch ein Wort, das ich nicht ertragen kann. Ich habe nicht die geringste Ahnung, was dahintersteckt! Weiß der Teufel! Ich sage Ihnen, in meinen Worten ist keinerlei Konterrevolution. Sie sind gesunder Menschenverstand und Lebenserfahrung.«

Der Professor zog den Zipfel der glänzenden Serviette aus dem Kragen, knüllte sie zusammen und legte sie neben das halbvolle Weinglas. Der Gebissene erhob sich sogleich und bedankte sich.

»Einen Moment, Doktor!« hielt der Professor ihn zurück und holte die Brieftasche hervor. Mit eingekniffenen Augen zählte er helle Geldscheine ab und reichte sie dem Gebissenen mit den Worten: »Sie haben heute vierzig Rubel zu bekommen, Iwan Arnoldowitsch. Bitte.«

Der vom Hund Geschädigte dankte höflich und steckte das Geld errötend in die Jackentasche.

»Brauchen Sie mich heute abend noch, Filipp Filippowitsch?« erkundigte er sich.

»Nein, ich danke Ihnen, mein Bester. Heute machen wir nichts mehr. Erstens ist das Kaninchen krepiert, und zweitens gibt's heute im Bolschoi-Theater ›Aida‹. Die habe ich lange nicht gehört. Ich mag sie sehr. Erinnern Sie sich? Das Duett ... Ta-di-da-da.«

»Wie schaffen Sie das bloß alles, Filipp Filippowitsch?« fragte der Arzt respektvoll.

»Man schafft alles, wenn man nichts überstürzt«, dozierte der Hausherr. »Natürlich, wenn ich von einer Sitzung zur anderen laufe und den ganzen Tag singe wie eine Nachtigall, statt mich mit meiner eigentlichen Aufgabe zu beschäftigen, dann schaffe ich gar nichts.« Unter den Fingern des Professors in seiner Tasche klangen die Himmelstöne der Repetieruhr. »Kurz nach acht. Zum zweiten Akt komme ich zurecht. Ich bin für Arbeitsteilung. Im Bolschoi-Theater sollen sie singen, und ich operiere. Dann ist es gut. Dann gibt es keine Zerrüttung. Also, Iwan Arnoldowitsch, bleiben Sie dran – sobald ein geeigneter Toter da ist, vom Tisch sofort in die Nährlösung und zu mir!«

»Keine Sorge, Filipp Filippowitsch, der Pathologe hat es mir versprochen.«

»Ausgezeichnet. Einstweilen werden wir diesen Neurotiker von der Straße beobachten und pflegen. Soll erst mal seine verbrühte Seite verheilen.«

Er sorgt sich um mich, dachte der Hund, er ist ein sehr guter Mensch. Ich weiß, wer er ist. Er ist der Magier und Zauberer aus dem Hundemärchen. Es kann ja nicht sein, daß ich das alles träume. Aber vielleicht doch? (Er zuckte im Schlaf.) Wenn ich aufwache ... ist das alles weg. Die Lampe mit dem Seidenschirm, die Wärme, die Sattigkeit. Wieder der Torweg, die irrsinnige Kälte, der vereiste Asphalt, der Hunger, die bösen Menschen ... Kantine, Schnee ... Mein Gott, schwer wird das sein!

Aber nichts davon geschah. Im Gegenteil, der Torweg war dahin wie ein böser Traum und kam nicht wieder.

Mit der Zerrüttung schien es nicht gar so schlimm zu sein. Trotz der Zerrüttung füllten sich die grauen Harmonikas unter den Fensterbrettern zweimal täglich mit Hitze und sandten Wärmewellen durch die ganze Wohnung.

Es war völlig klar: Der Hund hatte das große Hundelos gezogen. Seine Augen verströmten jetzt mindestens zweimal am Tag dankbare Tränen an die Adresse des Weisen von der Pretschistenka. Außerdem zeigten die großen Wandspiegel im Salon und in der Diele zwischen den Schränken einen erfolgreichen, schönen Hund.

Ich bin schön. Vielleicht bin ich ein unbekannter Hundeprinz inkognito, dachte der Hund und betrachtete den struppigen kaffeebraunen Köter mit der zufriedenen Schnauze, der in den Tiefen des Spiegels spazierenging. Womöglich ist meine Großmutter mit einem Neufundländer fremdgegangen. Auf meiner Schnauze ist ja ein weißer Fleck. Wo mag der herkommen? Der Professor hat einen guten Geschmack, der würde nicht den erstbesten Hofhund nehmen.

Im Verlauf einer Woche hatte der Hund so viel gefressen wie in den anderthalb Hungermonaten zuvor auf der Straße. Das zur Menge. Über die Qualität des Essens beim Professor brauchte man nicht zu reden. Wenn man schon außer acht ließ, daß Darja Petrowna täglich auf dem Smolensker Markt einen Berg Wurstabfälle für achtzehn Kopeken kaufte, genügte es, an die Mahlzeiten um sieben Uhr abends im Eßzimmer zu denken, an denen der Hund trotz der Proteste der eleganten Sina teilnahm. Während dieser Mahlzeiten erwarb der Professor endgültig den Titel einer Gottheit. Der Hund stellte sich auf die Hinterpfoten und kaute an dessen Jackett, er kannte inzwischen das Klingelzeichen des Professors, zwei volltönende, abgehackte, herrische Stöße, dann sauste er bellend in die Diele, um ihn zu begrüßen. Der Hausherr trat ein, auf seinem schwarzbraunen Fuchspelz glitzerten Millionen Schneestäubchen, er duftete nach Mandarinen, Zigarren, Parfüm, Zitronen, Benzin, Eau de Cologne und Tuch, und seine Stimme schallte wie eine Kommandotrompete durch die ganze Wohnung.

»Warum hast du Strolch die Eule zerrissen? Was hat sie dir getan? Hat sie dir was getan? will ich wissen. Warum hast du Professor Metschnikow zerschlagen?«

»Filipp Filippowitsch, er müßte wenigstens einmal die Peitsche kriegen«, sagte Sina entrüstet. »Sonst wird er noch ganz übermütig. Sehen Sie bloß, was er mit Ihren Galoschen gemacht hat.«

»Man darf niemand schlagen«, sagte der Professor erregt, »merk dir das ein für allemal. Einen Menschen und ein Tier kann man nur mit Zureden beeinflussen. Habt ihr ihm heute Fleisch gegeben?«

»Mein Gott, er hat das ganze Haus leergefressen. Wie können Sie fragen, Filipp Filippowitsch. Ich staune nur, daß er nicht platzt.«

»Möge es ihm bekommen ... Was hat dir die Eule getan, du Rowdy?«

»Huuuuuh!« winselte der Hund, kroch auf dem Bauch, kehrte die Pfoten nach außen.

Dann wurde er mit Geschrei im Genick gepackt und durch die Diele ins Arbeitszimmer geschleift. Der Hund heulte, schnappte um sich, krallte sich in den Teppich, ritt auf dem Hinterteil wie im Zirkus. Im Arbeitszimmer auf dem Teppich lag die glasäugige Eule mit aufgerissenem Bauch, aus dem nach Mottenpulver riechende rote Lappen quollen. Auf dem Tisch lag das zertrümmerte Porträt.

»Ich habe mit Absicht noch nicht aufgeräumt, damit Sie sich das ansehen können«, meldete Sina verärgert. »Auf den Tisch ist er gesprungen, der Halunke! Und am Schwanz hat er sie gepackt! Ehe ich mich's versah, hatte er sie schon zerrupft. Stoßen Sie ihn mit der Schnauze gegen die Eule, Filipp Filippowitsch, damit er lernt, was es heißt, Sachen zu verderben.«

Nun begann Geheul. Der Hund, der sich an den Teppich preßte, wurde mit der Schnauze gegen die Eule gestukt, dabei vergoß er bittere Tränen und dachte: Schlagt mich, nur jagt mich nicht aus der Wohnung.

»Bring die Eule heute noch zum Ausstopfer. Außerdem, hier hast du acht Rubel, dazu sechzehn Kopeken für die Straßenbahn, fahr zu Muir und kauf ihm ein gutes Halsband mit Kette.«

Tags darauf wurde dem Hund ein breites blankes Halsband angelegt. Als er sich im Spiegel beschaute, war er anfangs sehr verdrossen, kniff den

Schwanz ein und ging ins Badezimmer, um das Halsband an der Truhe oder an einer Kiste abzustreifen. Bald erkannte er jedoch, daß er einfach blöd war. Sina führte ihn an der Kette in der Obuchow-Gasse spazieren. Der Hund ging wie ein Häftling und brannte vor Scham, aber als sie durch die Pretschistenka zur Christus-Kirche gelangten, wußte er schon bestens, was ein Halsband im Leben bedeutet. In den Augen aller anderen Hunde war rasender Neid, und bei der Mjortwy-Gasse kläffte ihn ein schlaksiger Hofhund mit abgehacktem Schwanz an und beschimpfte ihn »herrschaftliches Luder« und »Lakai«. Als sic die Straßenbahnschienen überquerten, sah der Milizionär das Halsband mit Respekt und Vergnügen, und als sie nach Hause zurückkehrten, geschah etwas nie Dagewesenes: Der Portier Fjodor öffnete eigenhändig die Haustür, ließ Bello hinein und bemerkte dabei zu Sina: »Hei, was für einen Zottelhund Filipp Filippowitsch sich angeschafft hat. So was von fett.«

»Und ob, er frißt ja auch für sechs«, erklärte die schöne und vom Frost gerötete Sina.

Ein Halsband ist wie eine Aktentasche, witzelte der Hund in Gedanken und begab sich, das Hinterteil schwenkend, in die Beletage wie ein feiner Herr.

Nachdem der Hund das Halsband solchermaßen gewürdigt hatte, machte er seine erste Visite in der Hauptabteilung des Paradieses, wo ihm der Zutritt strengstens verboten war, nämlich im Reich der Köchin Darja Petrowna. Die ganze Wohnung war nicht so viel wert wie zwei Fußbreit von Darjas Reich. Den ganzen Tag über fauchte und prasselte in dem Herd mit der schwarzen Platte und den weißen Kacheln das Feuer. Die Bratröhre knackte. In puterroten Flecken glühte von der ewigen Hitze und der ungestillten Leidenschaft Darjas Gesicht. Es glänzte und schimmerte fettig. In der modischen Haartracht, die die Ohren verdeckte und auf dem Hinterkopf einen Korb aus blonden Haaren formte, funkelten zweiundzwanzig falsche Brillanten. An den Wänden hingen an Haken goldene Kasserollen, die ganze Küche donnerte von Gerüchen, es zischte und brodelte in zugedeckten Gefäßen.

»Raus!« zeterte Darja Petrowna, »raus, du Vagabund und Taschendieb! Du hast mir hier grade noch gefehlt! Ich geb's dir mit dem Feuerhaken!«

Was hast du? Warum kläffst du so? Der Hund blinzelte liebedienerisch. Ich bin doch kein Taschendieb! Siehst du nicht das Halsband? Er steckte die Schnauze durch die Tür und schob sich seitlich hinein.

Der Hund Bello besaß das Geheimnis, wie man die Herzen der Menschen erobert. Zwei Tage später lag er bereits neben dem Kohlenkorb und sah Darja Petrowna bei der Arbeit zu. Mit einem scharfen schmalen Messer hackte sie hilflosen Haselhühnern die Köpfe und Pfoten ab, schabte dann wie ein rasender Henker das Fleisch von den Knochen, riß Hühnern die Eingeweide heraus, drehte etwas durch den Fleischwolf. Bello zerfleischte derweil einen Haselhuhnkopf. Aus einer Schüssel Milch zog Darja Petrowna Stücke von eingeweichten Semmeln, vermengte sie auf einem Brett mit dem Fleischbrei, übergoß das Ganze mit Sahne, streute Salz darüber und formte auf dem Brett Klößchen. Im Herd prasselte es wie eine Feuersbrunst, in der Pfanne zischte, schäumte und hüpfte es. Der Riegel sprang klirrend zurück und entblößte eine furchtbare Hölle, in der die Flammen prasselten und schillerten.

Abends erlosch der Feuerschlund, im Küchenfenster oberhalb der weißen Halbgardine stand tiefschwarz und würdevoll die Nacht des Pretschistenka-Viertels mit einem einzelnen Stern. Der Fußboden in der Küche war feucht, die Kasserollen blinkten matt und geheimnisvoll, auf dem Tisch lag eine Feuerwehrmütze. Bello ruhte auf der warmen Herdplatte wie ein Löwe überm Tor; ein Ohr neugierig aufgestellt, sah er zu, wie der erregte Mann mit dem schwarzen Schnauzbart und dem breiten Lederkoppel hinter der halboffenen Tür in Sinas und Darjas Zimmer Darja umarmte. Darjas Gesicht glühte in Qual und Leidenschaft mit Ausnahme der totenbleich gepuderten Nase. Ein Lichtstrahl lag auf dem Gesicht des Schnauzbärtigen, Darja hing an ihm wie ein Osterröschen.

»Wie ein Dämon bedrängst du mich«, murmelte sie im Halbdunkel. »Laß mich! Sina kommt gleich. Was ist, hast du dich auch verjüngen lassen?«

»Das hat unsereins nicht nötig«, antwortete der Schnauzbärtige heiser und konnte sich kaum noch beherrschen. »Wie feurig du bist!«

Der Abendstern der Pretschistenka verschwand hinter schweren Gardinen, und wenn im Bolschoi-Theater nicht »Aida« gegeben wurde und keine Sitzung der Allrussischen Chirurgischen Gesellschaft anberaumt war, saß die Gottheit im Arbeitszimmer in einem tiefen Sessel. Das Deckenlicht war ausgeschaltet, nur die grüne Schreibtischlampe brannte. Bello lag auf dem Teppich im Schatten und beobachtete unverwandt schreckliche Dinge. In Glasgefäßen lagen in einer ekelerregenden ätzenden, trüben Flüssigkeit menschliche Gehirne. Die Arme der Gottheit waren bis zum Ellbogen entblößt, die Hände steckten in gelblichen Gummihandschuhen, und die glatten stumpfen Finger befühlten die Windungen. Von Zeit zu Zeit bewaffnete sich die Gottheit mit einem blanken Messerchen und schnitt sacht in solch ein straffes gelbes Gehirn.

»Zu des Niles heilgen Ufern«, trällerte die Gottheit, preßte dann die Lippen zusammen und dachte an den goldenen Innenraum des Bolschoi-Theaters.

Die Heizungsrohre waren um diese Stunde bis aufs äußerste erhitzt. Die Wärme stieg zur Decke und breitete sich im Zimmer aus, und im Fell des Hundes erwachte der letzte, vom Professor noch nicht herausgekämmte Floh, der aber keine Chance mehr hatte. Die Teppiche dämpften jeden Laut. Aber dann klingelte es an der fernen Wohnungstür.

Sina geht ins Kino, dachte der Hund. Wenn sie wiederkommt, werden wir wohl zu Abend essen. Ich glaub, es gibt heute Kalbskoteletts!

An diesem schrecklichen Tag hatte den Hund Bello schon am Morgen ein Vorgefühl gezwackt. Infolgedessen winselte er plötzlich auf und aß sein Frühstück – eine halbe Schüssel Haferbrei und einen Hammelknochen von gestern – ohne jeden Appetit. Bedrückt trottete er in die Diele und heulte dort leise sein Spiegelbild an. Aber der Tag verlief, nachdem Sina ihn auf dem Boulevard spazierengeführt hatte, wie gewöhnlich. Sprechstunde war nicht, weil bekanntlich dienstags nie Sprechstunde ist. Die Gottheit war im Arbeitszimmer und blätterte auf dem Schreibtisch in schweren Büchern mit bunten Bildern. Man wartete auf das Essen. Der Hund lebte ein wenig auf bei dem Gedanken, daß es als Hauptgericht, wie er aus der Küche wußte, Truthahn geben würde. Während er durch den Korridor ging, hörte er im Arbeitszimmer des Professors unangenehm und unverhofft das Telephon läuten. Der Professor nahm den Hörer ab, horchte und war auf einmal sehr aufgeregt.

»Ausgezeichnet«, tönte seine Stimme, »bringt ihn sofort her, sofort!«

Er wurde hastig, klingelte und befahl der eintretenden Sina, sofort das Essen aufzutragen.

»Das Essen! Das Essen! Das Essen!«

Im Eßzimmer klapperten sogleich Teller, Sina eilte hin und her, aus der Küche kam das Knurren von Darja Petrowna, der Truthahn sei noch nicht fertig. Der Hund spürte wieder Erregung.

Ich mag diese Hastigkeit in der Wohnung nicht, dachte er. Und kaum hatte er das gedacht, da nahm die Hastigkeit einen noch unangenehmeren Charakter an, vor allem deshalb, weil der neulich gebissene Doktor Bormental auftauchte. Er hatte einen übelriechenden Koffer bei sich, den er, ohne abzulegen, durch den Korridor ins Untersuchungszimmer trug. Der Professor ließ seinen Kaffee stehen, was noch nie geschehen war, und lief Bormental entgegen, was auch noch nie geschehen war.

»Wann gestorben?« schrie er.

»Vor drei Stunden«, antwortete Bormental, ohne die beschneite Mütze abzunehmen und den Koffer zu öffnen.

Wer ist gestorben? dachte der Hund mißmutig und drückte sich vor den Füßen der Männer herum. Ich kann nicht ausstehen, wenn sie so laufen.

»Weg von meinen Füßen! Schnell, schnell, schnell!« schrie der Professor nach allen Seiten und klingelte mit sämtlichen Klingeln, wie es dem Hund schien. Sina kam angelaufen. »Sina! Darja Petrowna soll sich ans Telephon setzen und alle abwimmeln! Dich brauche ich. Doktor Bormental, ich bitte Sie, schnell, schnell, schnell!«

Das gefällt mir ganz und gar nicht, dachte der Hund beleidigt und trottete mürrisch durch die Wohnung. Die Unruhe konzentrierte sich aufs Untersuchungszimmer. Sina hatte auf einmal einen Kittel an, der wie ein Leichenhemd aussah, sie lief zwischen dem Untersuchungszimmer und der Küche hin und her.

Ob ich was fressen geh? Zum Teufel mit denen, dachte der Hund, da erlebte er eine Überraschung.

»Bello kriegt nichts zu essen«, dröhnte ein Kommando aus dem Untersuchungszimmer.

»Ich kann aber nicht auf ihn aufpassen.«

»Sperr ihn ein!«

Bello wurde gelockt und ins Bad gesperrt.

Gemeinheit, dachte er in dem halbdunklen Badezimmer. Gradezu blöd.

Etwa eine Viertelstunde verbrachte er dort in einer seltsamen Gemütsverfassung – teils wütend, teils schwer niedergeschlagen. Alles war so traurig, so unbegreiflich ...

Na schön, dann sehen Sie sich morgen mal Ihre Galoschen an, geehrter Filipp Filippowitsch, dachte er. Zwei Paar haben Sie schon gekauft, und Sie werden noch eins dazu kaufen, damit Sie künftig keine Hunde mehr einsperren.

Aber plötzlich riß sein wütender Gedanke ab. Ganz deutlich kam ihm eine Erinnerung an seine früheste Jugend – ein sonniger riesengroßer Hof beim Preobrashenskaja-Tor, Sonnensplitter in Flaschen, Ziegelbruch, frei streunende Hunde.

Nein, von hier kann man nicht mehr in die Freiheit, ich will mir nichts vormachen, dachte der Hund traurig und schniefte durch die Nase. Ich habe mich daran gewöhnt. Ich bin ein herrschaftlicher Hund, ein intelligentes Wesen, ich habe ein besseres Leben kennengelernt. Was ist denn Freiheit? Nur Rauch, Trugbild, Fiktion. Eine Fieberphantasie dieser unglückseligen Demokraten …

Dann bekam er es im Halbdunkel des Badezimmers mit der Angst, er heulte, stürzte zur Tür, kratzte daran.

»Huuuuh!« klang es durch die Wohnung wie aus einem Faß.

Die Eule zerrupf ich noch mal, dachte er wütend, doch ohnmächtig. Dann erschlaffte er, legte sich hin, und als er wieder aufstand, sträubten sich die Haare seines Fells, denn er glaubte im Badezimmer auf einmal scheußliche Wolfsaugen zu sehen.

Auf dem Höhepunkt seiner Ängste öffnete sich die Tür. Der Hund ging hinaus, schüttelte sich und wollte mürrisch zur Küche trotten, aber Sina zog ihn am Halsband hartnäckig zum Untersuchungszimmer. Bello wurde kalt ums Herz.

Was wollen die von mir? dachte er argwöhnisch. Meine Seite ist doch verheilt. Ich verstehe das nicht.

Mit den Pfoten über das glatte Parkett schleifend, wurde er ins Untersuchungszimmer gezerrt. Hier bestürzte ihn die nie gesehene Beleuchtung. Die große Kugel an der Decke strahlte so gleißend, daß es in die Augen schnitt. In dem weißen Glanz stand der Opferpriester und trällerte von den heiligen Ufern des Nils. Nur an einem sehr schwachen Geruch erkannte der Hund, daß es der Professor war. Die kurzgeschnittenen grauen Haare waren unter einer weißen Kappe verschwunden, die an eine Patriarchenhaube erinnerte; die Gottheit war ganz in Weiß, und darüber trug er eine schmale Gummischürze wie ein Epitrachelion. Die Hände steckten in schwarzen Handschuhen.

Auch der Gebissene trug eine weiße Kappe. Der lange Tisch war auseinandergeklappt, und an der Seite war ein viereckiges Tischchen mit blankem Fuß herangerückt.

Der Hund haßte auf einmal am meisten den Gebissenen, vor allem wegen seiner jetzigen Augen. Sonst kühn und offen, huschten sie heute nach allen Seiten und mieden den Blick des Hundes. Sie waren mißtrauisch und falsch, und in ihrer Tiefe barg sich etwas Ungutes, ein schurkisches Vorhaben, wenn nicht ein Verbrechen. Der Hund warf ihm einen schweren und finsteren Blick zu und verzog sich in einen Winkel.

»Das Halsband, Sina«, sagte der Professor halblaut, »aber rege ihn nicht auf.«

Sogleich hatte Sina genauso gemeine Augen wie der Gebissene. Sie kam zu Bello und streichelte ihn mit falscher Freundlichkeit. Er sah sie mit Wehmut und Verachtung an.

Na ... ihr seid drei. Nehmt mich, wenn ihr wollt. Aber schämt euch was. Wenn ich bloß wüßte, was ihr mit mir machen wollt!

Sina löste das Halsband, der Hund schüttelte den Kopf und schnaubte. Der Gebissene stand vor ihm und verströmte einen scheußlichen, benebelnden Geruch.

Pfui, ekelhaft ... Wovon ist mir bloß so trüb und ängstlich? dachte der Hund und wich vor dem Gebissenen zurück.

»Schnell, Doktor«, sagte der Professor ungeduldig.

Ein scharfer, süßlicher Geruch hing in der Luft. Der Gebissene, ohne den argwöhnischen Lumpenblick von dem Hund zu lassen, brachte die rechte Hand hinterm Rücken hervor und stieß dem Hund einen feuchten Wattebausch gegen die Nase. Bello erschrak, in seinem Kopf drehte es sich sacht, aber er konnte noch zurückspringen. Der Gebissene eilte ihm nach und verklebte ihm die ganze Schnauze mit der Watte. Bello verschlug es den Atem, aber er riß sich noch einmal los. Gemeiner Kerl, durchzuckte es ihn. Wofür? Wieder kam die Watte. Auf einmal war mitten im Untersuchungszimmer ein See mit Booten, darin saßen fröhlich nie gesehene rosa Hunde aus dem Jenseits. In Bellos Beinen waren keine Knochen mehr, sie knickten weg.

»Auf den Tisch!« plumpsten irgendwo vergnügt die Worte des Professors und zerflossen zu rosa Strömen. Das Entsetzen wich und wurde von Freude abgelöst. Zwei Sekunden lang liebte der verlöschende Hund den Gebissenen. Dann kehrte sich die ganze Welt mit dem Untersten zuoberst, und er spürte noch eine kalte, aber angenehme Hand am Bauch. Dann war gar nichts mehr.

4

Auf dem schmalen Operationstisch lag ausgebreitet der Hund Bello, und sein Kopf pochte hilflos gegen das weiße Wachstuchkissen. Sein Bauch war kahlrasiert, und jetzt fuhr Doktor Bormental, schwer atmend, mit dem Maschinchen in das Kopffell. Der Professor, beide Hände auf der Tischkante, beobachtete mit blitzender Goldbrille die Prozedur und sagte aufgeregt:

»Iwan Arnoldowitsch, der wichtigste Moment ist, wenn ich in den Türkensattel hineingehe. Ich bitte Sie, geben Sie mir dann sofort die Hypophyse, und gleich vernähen. Wenn da eine Blutung einsetzt, verlieren wir Zeit und auch den Hund. Im übrigen hat er sowieso keine Chance.« Der Professor schwieg, kniff die Augen ein, warf einen Blick auf das gleichsam spöttisch halbgeschlossene Auge des Hundes und fügte hinzu: »Wissen Sie, er tut mir leid. Stellen Sie sich vor, ich habe mich an ihn gewöhnt.«

Dabei hob er die Hände, als wollte er den unglücklichen Hund Bello für eine große Tat segnen. Auf seine schwarzen Gummihandschuhe durfte kein Stäubchen fallen.

Die kahlgeschorene Haut des Hundes schimmerte hell. Bormental legte das Maschinchen weg und seifte den hilflosen kleinen Kopf ein, dann begann er zu rasieren. Unter der Klinge knirschte es, da und dort trat Blut aus. Nachdem der Gebissene den Kopf kahlrasiert hatte, tupfte er ihn mit einem benzingetränkten Wattebausch ab, zog dann den kahlen Hundebauch straff und sagte schnaufend: »Fertig.«

Sina drehte den Wasserhahn auf, und Bormental wusch sich eilig die Hände. Sina goß ihm aus einem Fläschchen Sprit darüber.

»Kann ich gehen, Filipp Filippowitsch?« fragte sie und warf einen furchtsamen Seitenblick auf den rasierten Hundekopf.

»Geh.«

Sina verschwand. Bormental hantierte hastig weiter. Er legte leichte Mullservietten um Bellos Kopf.

Jetzt lag auf dem Kissen ein nie gesehener Hundeglatzkopf mit seltsam bärtiger Schnauze.

Der Opferpriester kam in Bewegung. Er richtete sich auf, sah auf den Hundekopf und sagte:

»Nun, Herrgott, gib deinen Segen. Messer.«

Bormental entnahm dem glitzernden Haufen Instrumente auf dem Tischchen ein gebogenes Messerchen und gab es dem Opferpriester. Dann zog er wie dieser schwarze Handschuhe an.

»Schläft er?« fragte der Professor.

»Ja, tief.«

Die Zähne des Professors preßten sich aufeinander, seine Augen bekamen einen stechenden Glanz. Mit dem Messer zog er einen langen geraden Schnitt auf Bellos Bauch. Die Haut klaffte sogleich, Blut spritzte nach allen Seiten. Bormental eilte raubtierflink herzu, preßte Mull auf den Schnitt, klemmte dann mit kleinen Zangen wie Zuckerzangen die Ränder ab, und das Blut versiegte. Auf Bormentals Stirn perlte Schweiß. Der Professor schnitt ein zweites Mal, dann zerrten sie zu zweit Bellos Körper mit Haken, Scheren und Klammern auseinander. Rosa und gelbe Gewebe sprangen heraus, weinten blutigen Tau. Der Professor drehte das Messer in dem Körper, dann rief er: »Schere!«

Das Instrument blitzte in der Hand des Gebissenen wie bei einem Zauberkünstler. Der Professor griff tief hinein und löste mit ein paar Drehungen die Samendrüsen nebst Anhängseln aus Bellos Körper. Bormental, schweißnaß von Eifer und Aufregung, stürzte zu einem Glasgefäß und entnahm ihm andere, nasse, längliche Samendrüsen. In den Händen des Professors und seines Assistenten hüpften, schlängelten sich kurze feuchte Sehnen.

Krumme Nadeln klickerten in den Klemmen, die Samendrüsen wurden Bello anstelle seiner eigenen eingenäht. Der Opferpriester löste sich von der Operationswunde, tupfte sie mit einem Mullbausch ab und befahl:

»Nähen Sie zu, Doktor, schnell.« Er warf einen Blick auf die runde weiße Wanduhr hinter sich.

»Vierzehn Minuten haben wir gebraucht«, preßte Bormental durch die Zähne und stieß die krumme Nadel in die labberige Haut. Beide waren aufgeregt wie Mörder, die es eilig haben.

»Messer!« schrie der Professor.

Das Messer sprang ihm wie von selbst in die Hand, sein Gesicht sah furchteinflößend aus. Er fletschte die Porzellan- und Goldkronen und setzte mit einem einzigen Schnitt Bello einen roten Kranz auf die Stirn. Die rasierte Haut wurde zurückgeklappt wie ein Skalp. Der Schädelknochen lag frei.

»Trepan!« schrie der Professor.

Bormental reichte ihm den glänzenden Handbohrer. Der Professor, sich auf die Lippen beißend, setzte das Gerät an und bohrte in Bellos Schädeldecke rundum im Abstand von einem Zentimeter kleine Löcher. Für jedes Loch brauchte er nicht mehr als fünf Sekunden. Dann schob er die Spitze einer sonderbar geformten Säge in das erste Loch und begann zu sägen, so wie man ein Damenkästchen aussägt. Der Schädel zitterte und wimmerte leise. Ein paar Minuten später wurde Bellos Schädeldach herausgehoben.

Nun lag die Kuppel von Bellos Gehirn frei, grau, mit bläulichen Adern und rötlichen Flecken. Der Professor stieß die Schere in die Hirnhaut und schnitt sie auf. Ein dünner Blutstrahl schoß heraus, traf den Professor beinah ins Auge und durchfeuchtete seine Kappe. Bormental stürzte wie ein Tiger mit der Torsionspinzette herzu und klemmte das Gefäß ab. Der Schweiß lief ihm in Strömen herunter, sein Gesicht war fleischig und buntfleckig. Seine Augen flitzten von den Händen des Professors zu dem Teller auf dem Instrumententisch. Der Professor sah jetzt ganz schrecklich aus. Ein Fiepen drang aus seiner Nase, die Zähne waren bis ans Zahnfleisch entblößt. Er zog die Hirnhaut weg, ging in die Tiefe, drückte die beiden Hirnhalbkugeln aus dem offenen Schädel. In diesem Moment erbleichte Bormental, griff nach Bellos Brust und sagte heiser:

»Der Puls sinkt rapide.«

Der Professor warf ihm einen tierischen Blick zu, ließ ein Ächzen hören und drang noch tiefer. Bormental brach knackend eine Ampulle ab, zog eine Spritze auf und stieß sie Bello tückisch in die Herzgegend.

»Ich gehe in den Türkensattel«, knirschte der Professor und hob mit blutigen schlüpfrigen Handschuhen das graugelbe Gehirn aus Bellos Kopf. Für einen Moment blickte er zu Bellos Schnauze, und sogleich brach Bormental die zweite Ampulle mit gelber Flüssigkeit ab und zog eine lange Spritze auf.

»Ins Herz?« fragte er zaghaft.

»Da fragen Sie noch?« schrie der Professor erbittert. »Er ist Ihnen sowieso schon fünfmal gestorben. Spritzen Sie! Ist es die Möglichkeit?« Sein Gesicht glich in diesem Moment dem eines begeisterten Räubers.

Der Doktor holte aus und stieß die Spritze leicht in das Hundeherz.

»Er lebt, aber ganz schwach«, flüsterte er zaghaft.

»Jetzt ist keine Zeit, zu erörtern, ob er lebt oder nicht«, zischte der schreckliche Professor. »Ich habe den Türkensattel. Er stirbt ja doch ... ach, verd... Zu des Niles heilgen Ufern ... Geben Sie mir die Hypophyse.«

Bormental reichte ihm ein Glasgefäß, in dem an einem Faden ein weißes Klümpchen in einer Flüssigkeit baumelte. Die eine Hand des Professors – er hat wahrhaftig nicht seinesgleichen in Europa! dachte Bormental verschwommen – nahm das baumelnde Klümpchen aus dem Glas, die andere schnitt mit der Schere ein ebensolches Klümpchen in der Tiefe zwischen den gespreizten Halbkugeln heraus. Bellos Klümpchen warf er auf einen Teller, das andere legte er mit dem Faden ins Gehirn ein und brachte es mit seinen kurzen Fingern, die wie durch ein Wunder dünn und biegsam geworden waren, fertig, es dort mit dem bernsteingelben Faden zu befestigen. Sodann nahm er Spreizhaken und Pinzetten aus dem Schädel, legte das Gehirn zurück in die Knochenschale, lehnte sich nach hinten und fragte schon ruhiger:

»Er ist natürlich tot?«

»Der Puls ist hauchdünn«, antwortete Bormental.

»Noch mehr Adrenalin.«

Der Professor legte die Hirnhaut über die Halbkugeln, paßte das herausgesägte Schädeldach ein, zog den Skalp darüber und schrie:

»Zunähen!«

Bormental vernähte den Kopf in fünf Minuten und brach dabei drei Nadeln ab.

Nun lag auf dem blutbespritzten Kissen das leblose erloschene Gesicht von Bello mit der ringförmigen Kopfwunde. Der Professor lehnte sich endgültig zurück wie ein satter Vampir, riß den einen

Handschuh ab, aus dem eine Wolke Schweißpuder stäubte, zerfetzte den anderen, warf ihn zu Boden und drückte auf den Klingelknopf an der Wand. Sina erschien, sie wandte sich weg, um den blutigen Bello nicht zu sehen. Der Opferpriester nahm mit kreidiger Hand die blutige Kappe ab und rief:

»Sofort eine Zigarette, Sina. Frische Wäsche und ein Bad.«

Er legte das Kinn auf die Tischkante, zog mit zwei Fingern die rechten Lider des Hundes auseinander, blickte in das sichtlich sterbende Auge und sprach:

»Da, verdammt. Er ist nicht krepiert. Na, er krepiert ja doch noch. Ach, Doktor Bormental, schade um den Hund, er war so freundlich, wenn auch hinterlistig.«

5

Aus dem Tagebuch des Doktor Bormental:

Ein dünnes Schreibheft, vollgeschrieben in der Handschrift Bormentals. Diese ist auf den ersten zwei Seiten sauber, schwungvoll und exakt, weiterhin aber flüchtig, mit vielen Klecksen.

22. Dezember 1924. Montag.

Krankengeschichte.

Laborhund, etwa zwei Jahre alt. Rüde. Rasse – Promenadenmischung. Name – Bello. Fellbehaarung spärlich, büschelartig, bräunlich, gefleckt. Schwanz milchkaffeebraun. Auf der rechten Seite Spuren einer ausgeheilten Verbrühung. Ernährung, bis er zum Professor kam, schlecht, nach einwöchigem Aufenthalt äußerst wohlgenährt. Gewicht 8 kg

(Ausrufezeichen). Herz, Lunge, Magen, Temperatur …

23. Dezember. Um 20.30 Uhr fand die für Europa erstmalige Operation nach Prof. Preobrashenski statt: Unter Chloroformnarkose wurden Bello die Hoden entfernt und statt dessen menschliche Hoden mit Nebenhoden und Samenleitern eingesetzt. Diese waren einem 4 Stunden, 4 Minuten vor der Operation verstorbenen Mann von 28 Jahren entnommen und für diese Zeit in einer sterilisierten physiologischen Lösung nach Prof. Preobrashenski aufbewahrt worden.

Unmittelbar danach wurde nach der Trepanierung des Schädeldachs die Hirnanhangdrüse, die Hypophyse, entfernt und durch eine menschliche von dem erwähnten Mann ersetzt.

Es wurden verbraucht 8 Kubik Chloroform, 1 Spritze Kampfer, 2 Spritzen Adrenalin ins Herz.

Zweck der Operation: Versuch Preobrashenskis, mit einer kombinierten Verpflanzung von Hoden und Hypophyse die Frage zu klären, ob die Hypophyse anwächst und wie sie sich im weitern auf die Verjüngung des menschlichen Organismus auswirkt.

Es operierte Prof. F. F. Preobrashenski.

Es assistierte Dr. I. A. Bormental.

In der Nacht nach der Operation wiederholtes gefährliches Absinken des Pulses. Wir erwarten letalen Ausgang. Gewaltige Dosen Kampfer nach Preobrashenski.

24. Dezember. Morgens Besserung. Atmung doppelt beschleunigt, Temperatur 42. Kampfer, Koffein subkutan.

25. Dezember. Erneute Verschlechterung. Puls kaum tastbar. Erkalten der Extremitäten, Pupillen

ohne Reaktion. Adrenalin ins Herz, Kampfer nach Preobrashenski, physiologische Lösung intravenös.

26. Dezember. Geringe Besserung. Puls 180, Atmung 92, Temperatur 41. Kampfer, Ernährung durch Klistier.

27. Dezember. Puls 152, Atmung 50, Temperatur 39,8, Pupillen reagieren. Kampfer subkutan.

28. Dezember. Deutliche Besserung. Mittags plötzlicher Schweißausbruch, Temperatur 17,0. Operationswunden unverändert. Anlegen eines Verbandes. Beginnender Appetit. Flüssige Nahrung.

29. Dezember. Plötzlicher Haarausfall auf der Stirn und an den Rumpfseiten. Zur Konsultation gebeten: der Lehrstuhlleiter für Hautkrankheiten Professor Wassili Wassiljewitsch Bundarew und der Direktor des Moskauer Musterinstituts für Veterinärmedizin. Sie anerkennen den Fall als in der Literatur bislang nicht beschrieben. Keine Diagnose gestellt. Temperatur normal.

(Aufzeichnungen mit Bleistift)

Am Abend zum erstenmal gebellt (20.15 Uhr). Auffallend eine starke Veränderung des Timbres und ein tieferer Ton. Der Hund bellt nicht »wauwau«, sondern »a-o«, was entfernt an Stöhnen erinnert.

30. Dezember. Der Haarausfall nimmt den Charakter einer allgemeinen Verkahlung an. Das Wiegen ergab ein überraschendes Resultat – 30 kg durch Wachstum (Verlängerung) der Knochen. Der Hund liegt nach wie vor.

31. Dezember. Kolossaler Appetit.

(Im Heft ein Klecks. Nach dem Klecks mit eiliger Schrift.)

Um 12.12 Uhr bellte der Hund deutlich »nedal«.

(Im Heft eine Pause und dann, offenbar vor Aufregung, irrtümlich):

1. Dezember. *(durchgestrichen und korrigiert)* 1. Januar 1925. Morgens photographiert. Er bellt deutlich »nedal«, wiederholt das Wort laut und offenbar freudig. Um 15 Uhr *(mit Großbuchstaben)* lachte er, worauf das Stubenmädchen Sina in Ohnmacht fiel. Am Abend sprach er achtmal nacheinander das Wort »nedal-schif«, »nedal«.

(Schräg mit Bleistift): Der Professor entschlüsselte das Wort »nedal-schif«, es bedeutet »Fischladen«. Ungeheuerlich.

2. Januar. Beim Lächeln photographiert, mit Magnesiumblitz. Vom Bett aufgestanden, hielt sich eine halbe Stunde lang auf den Hinterpfoten. Fast so groß wie ich.

(Im Heft ein eingelegtes Blatt.)

Die russische Wissenschaft hätte beinahe einen schweren Verlust erlitten.

Krankengeschichte von Professor F. F. Preobrashenski.

Um 1.13 Uhr fiel Prof. Preobrashenski in tiefe Ohnmacht. Beim Sturz stieß er mit dem Kopf gegen ein Stuhlbein. Trauma.

In meinem und Sinas Beisein hatte der Hund (wenn man ihn noch Hund nennen kann) Prof. Preobrashenski mit säuischen Ausdrücken beschimpft.

(Pause in den Aufzeichnungen.)

6. Januar. *(Teils mit Bleistift, teils mit lila Tinte.)*

Heute ist ihm der Schwanz abgefallen, er sagte deutlich »Kneipe«. Der Phonograph ist eingeschaltet. Weiß der Teufel, was das zu bedeuten hat.

Ich bin durcheinander.

Die Sprechstunde des Professors fällt aus. Seit 17 Uhr hört man aus dem Untersuchungszimmer, wo dieses Wesen umhergeht, deutlich gemeines Fluchen und die Worte »noch einen Doppelten«.

7. Januar. Er spricht schon sehr viele Wörter: »Kutscher«, »Alles besetzt«, »Abendzeitung«, »Ein schönes Geschenk für die Kinder« sowie sämtliche Schimpfwörter, die der russische Wortschatz nur kennt.

Er sieht sonderbar aus. Fell hat er nur noch auf dem Kopf, am Kinn und auf der Brust. Seine Haut ist wabbelig. Im Bereich der Geschlechtsorgane entwickelt er sich zum Mann. Der Schädel hat sich deutlich vergrößert. Die Stirn ist schräg, niedrig.

Bei Gott, ich werde verrückt.

Der Professor fühlt sich noch immer schlecht. Die Beobachtungen nehme größtenteils ich vor. (Phonograph, Photographien.)

Die Stadt schwirrt von Gerüchten.

Die Folgen sind nicht abzusehen. Heute war die Gasse den ganzen Tag voll von Nichtstuern und alten Frauen. Auch jetzt noch stehen Gaffer vor den Fenstern. Die Morgenzeitungen brachten eine merkwürdige Notiz. »Die Gerüchte über einen Marsmenschen in der Obuchow-Gasse entbehren jeder Grundlage. Sie wurden von den Markthändlern der Sucharewka aufgebracht. Darauf stehen strenge Strafen.« Was für ein Marsmensch, verdammt nochmal? Das ist ja ein Alptraum.

Noch besser die Abendzeitung, dort stand, es sei ein Kind geboren worden, das Geige spielen könne. Dazu eine Zeichnung – eine Geige und ein Photo von mir, darunter steht: »Prof. Preobrashenski, der bei der Mutter einen Kaiserschnitt vorgenommen hat.« Es ist nicht zu fassen ... Er spricht ein neues Wort: »Milizionär«.

Es hat sich herausgestellt, daß Darja Petrowna in mich verliebt war und das Photo aus dem Album des Professors gemaust hatte. Nachdem wir die Reporter verjagt hatten, ist einer von ihnen in die Küche eingedrungen usw.

Was sich während der Sprechstunde abspielt! Heute hat es 82mal geklingelt. Telephon abgeschaltet. Die kinderlosen Damen sind ganz verrückt und rennen uns das Haus ein ...

Das Hauskomitee erschien in voller Besetzung mit Schwonder an der Spitze. Wozu, wußten sie selber nicht.

8. Januar. Am späten Abend wurde die Diagnose gestellt. Der Professor gestand als echter Wissenschaftler einen Fehler ein – die Auswechselung der Hypophyse führt nicht zur Verjüngung, sondern zur völligen Vermenschlichung *(dreimal unterstrichen)*. Das aber mindert die Bedeutung seiner verblüffenden, umwerfenden Entdeckung nicht im geringsten.

Heute erging er sich das erstemal in der Wohnung. Im Korridor lachte er, als er die elektrische Lampe sah. Dann begab er sich in Begleitung des Professors und meiner Person ins Arbeitszimmer. Er steht sicher auf den Hinterpfoten *(durchgestri-*

chen) Beinen und macht den Eindruck eines kleinen und schlechtgebauten Mannes.

Im Arbeitszimmer hat er gelacht. Sein Lächeln ist unangenehm und wirkt künstlich. Dann kratzte er sich den Hinterkopf, sah sich um, und ich notierte ein neues, deutlich ausgesprochenes Wort: »Burshuis«. Er fluchte. Sein Fluchen ist methodisch, ununterbrochen und allem Anschein nach ohne jeden Sinn. Es trägt einen etwas phonographischen Charakter: als ob dieses Wesen die Schimpfwörter früher irgendwo gehört, sie automatisch, unbewußt in seinem Gehirn notiert hat und sie jetzt bündelweise herausschleudert. Aber ich bin ja kein Psychiater, verdammt nochmal.

Auf den Professor macht das Fluchen einen sonderbar deprimierenden Eindruck. Es gibt Momente, da verläßt er die zurückhaltende und kühle Beobachtung neuer Erscheinungen und verliert gewissermaßen die Geduld. Als der Hund wieder mal fluchte, schrie er plötzlich nervös:

»Hör auf!«

Das hatte nicht die geringste Wirkung.

Nach dem Spaziergang im Arbeitszimmer wurde Bello mit vereinten Kräften ins Untersuchungszimmer befördert.

Danach hielten der Professor und ich eine Beratung ab. Zum erstenmal, ich muß es gestehen, sah ich diesen selbstsicheren und erstaunlich klugen Mann fassungslos. Nach seiner Gewohnheit trällernd, fragte er: »Was machen wir jetzt?« Und antwortete sich selbst wörtlich: »Moskauer Textilhandel, ja … Von Sevilla bis Granada. Textilhandel, lieber Doktor.« Ich verstand kein Wort. Er wurde deutlicher: »Ich bitte Sie, Iwan Arnoldowitsch, kaufen Sie ihm Wäsche, Hose und Jackett.«

9. Januar. Sein Wortschatz wird (im Schnitt) alle fünf Minuten um ein neues Wort reicher, seit heute früh auch um Sätze. Es ist, als wären sie in seinem Bewußtsein eingefroren, tauten jetzt auf und kämen heraus. Ein einmal herausgekommenes Wort bleibt in Gebrauch. Seit gestern abend hat der Phonograph aufgezeichnet: »Drängel nicht so«, »Du Strolch«, »Scher dich runter vom Trittbrett«, »Ich knall dir eine«, »Anerkennung Amerikas«, »Primuskocher«.

10. Januar. Die Ankleidung ist vollzogen. Das Unterhemd ließ er sich bereitwillig überziehen, lachte sogar vergnügt. Die Unterhosen lehnte er ab und kleidete seinen Protest in den heiseren Ruf: »Hinten anstellen, ihr Hundesöhne!« Er wurde angezogen. Die Socken sind ihm zu groß.

(Im Heft mehrere schematische Zeichnungen, die allem Anschein nach die Umwandlung der Hundepfote in einen menschlichen Fuß darstellen.)

Die hintere Hälfte des Fußknochens (planta) wird länger. Die Zehen strecken sich. Krallen.

Zum wiederholten Male systematischer Unterricht im Gebrauch der Toilette. Das Stubenmädchen ist schon völlig mit den Nerven runter.

Aber auch die Auffassungsgabe des Wesens muß erwähnt werden. Die Sache geht ziemlich in Ordnung.

11. Januar. Er hat sich mit der Hose abgefunden. Sagte einen langen lustigen Satz: »Gib ein Zigarettchen und geh ins Bettchen.«

Das Fell auf dem Kopf ist dünn und seidig. Leicht mit Haaren zu verwechseln. Aber die Flecke auf dem Kopf sind geblieben. Heute ist der letzte Flaum von den Ohren abgegangen. Kolossaler Appetit. Ißt besonders gern Hering.

Um 17 Uhr ein Ereignis: Zum erstenmal sprach das Wesen Worte, nicht losgelöst von den Erscheinungen seiner Umgebung, sondern als Reaktion darauf. Nämlich als der Professor ihm befahl: »Wirf die Speisereste nicht auf den Fußboden«, antwortete er plötzlich: »Laß mich in Ruh, du Lauseei.«

Der Professor war bestürzt, aber dann faßte er sich und sagte: »Wenn du dir noch einmal herausnimmst, mich oder den Doktor zu beschimpfen, kannst du was erleben.«

In diesem Moment photographierte ich Bello. Ich verbürge mich, daß er die Worte des Professors verstand. Ein düsterer Schatten überflog sein Gesicht. Er blickte unter gesenkten Brauen hervor ziemlich wütend, sagte aber nichts.

Hurra, er versteht!

12. Januar. Er steckt die Hände in die Hosentaschen. Wir versuchen, ihm das Fluchen abzugewöhnen. Er pfeift »Hei, Äpfelchen«. Nimmt am Gespräch teil.

Ich kann mich einiger Hypothesen nicht enthalten. Zum Teufel einstweilen mit der Verjüngung! Etwas anderes ist unvergleichlich wichtiger: Der beeindruckende Versuch von Prof. Preobrashenski hat eines der Geheimnisse des menschlichen Gehirns enthüllt. Von nun an darf die rästelhafte Funktion der Hypophyse, der Hirnanhangdrüse, als geklärt gelten. Sie bestimmt das menschliche Aussehen. Ihre Hormone kann man als die wichtigsten des Organismus ansehen, es sind die Hormone des Aussehens. Ein neues Gebiet für die Wissenschaft: Ohne die Retorte des Faust wurde ein Homunkulus geschaffen. Das Skalpell des Chirurgen hat eine neue menschliche Einheit zum Leben erweckt. Prof. Preobrashenski, Sie sind ein Schöpfer.

(Klecks.)

Aber ich bin abgeschweift. Also, er nimmt am Gespräch teil. Nach meiner Mutmaßung ist es folgendermaßen: Die angewachsene Hypophyse hat im Hundegehirn das Sprachzentrum frei gemacht, und die Wörter strömen nur so. Ich glaube, wir haben ein zum Leben erwachtes entwickeltes Gehirn vor uns, nicht ein neugeschaffenes. Oh, wundersame Bestätigung der Evolutionstheorie! Oh, endlose Kette vom Hund bis zum Chemiker Mendelejew! Und noch eine Hypothese von mir: Bellos Gehirn hat in der Hundeperiode seines Lebens eine Unmenge von Begriffen gespeichert. Sämtliche Wörter, mit denen er zu operieren begann, sind Straßenausdrücke, die er aufgeschnappt und in seinem Gehirn bewahrt hat. Wenn ich jetzt die Straße entlanggehe, sehe ich mit heimlichem Entsetzen die Hunde an. Weiß Gott, was sich in ihrem Gehirn verbirgt.

Bello hat gelesen. Gelesen *(3 Ausrufezeichen)*. Ich habe es erraten. Durch den Fischladen. Er hat das Wort vom Ende her gelesen. Ich weiß sogar, wo die Lösung dieses Rätsels steckt: eine Unterbrechung der Sehnerven des Hundes.

Was sich in Moskau tut, ist für den menschlichen Verstand nicht zu fassen. Sieben Händler von der Sucharewka sitzen wegen der Verbreitung von Gerüchten über den Weltuntergang, den die Bolschewiken heraufbeschworen hätten. Darja Petrowna sprach davon und nannte sogar das Datum: Am 28. November 1925, dem Tag des heiligen Märtyrers Stefan, werde die Erde gegen die Himmelsachse stoßen. Irgendwelche Spitzbuben halten Vorträge.

Das ganze Theater haben wir mit dieser Hypophyse angerichtet, man möchte aus der Wohnung laufen. Ich bin auf Preobrashenskis Bitte zu ihm gezogen und schlafe mit Bello im Sprechzimmer. Das Untersuchungszimmer ist zum Sprechzimmer geworden. Schwonder hat recht behalten. Das Hauskomitee ist voller Schadenfreude. Die Schränke haben keine heile Scheibe mehr von seinem Herumspringen. Mühsam haben wir es ihm abgewöhnt.

Mit Filipp geht etwas Seltsames vor. Als ich ihm von meinen Hypothesen erzählte und von meiner Hoffnung, Bello zu einer psychisch hochstehenden Persönlichkeit zu entwickeln, brummte er und antwortete: »Meinen Sie?« Sein Ton klang drohend. Ob ich mich irre? Der Alte hat was vor. Während ich mich mit der Krankengeschichte herumplage, brütet er über der Geschichte des Mannes, dem wir die Hypophyse entnommen haben.

(Im Heft ein eingelegtes Blatt.)

Klim Grigorjewitsch Tschugunkin, 25 Jahre alt, unverheiratet. Parteilos, Sympathisant. 3mal angeklagt und freigelassen: das erstemal aus Mangel an Beweisen, das zweitemal wegen seiner Abstammung, beim drittenmal auf Bewährung verurteilt zu 15 Jahren Kartorga. Diebstähle. Beruf – Spielen auf der Balalaika in Spelunken.

Von kleinem Wuchs, schlecht gebaut. Leber vergrößert (Alkohol). Todesursache – ein Messerstich ins Herz in einer Bierkneipe (»Zum Halteschild« beim Preobrashenskaja-Tor).

Der Alte brütet fortwährend über Klims Krankheit. Ich begreife nicht, was er will. Er knurrt was in der Richtung, daß er es versäumt habe, in der Pathologie den Leichnam Klims zu untersuchen. Was er will, ich begreife es nicht. Ist es nicht ganz egal, von wem die Hypophyse stammt?

17. Januar. Ich habe ein paar Tage nichts notiert, ich war erkältet. In dieser Zeit hat sich sein Aussehen endgültig herausgebildet.

a) ein vollkommener Mensch dem Körperbau nach;
b) Gewicht etwa 1 Zentner;
c) kleiner Wuchs;
d) kleiner Kopf;
e) hat zu rauchen begonnen;
f) ißt menschliche Nahrung;
g) kleidet sich selbständig an;
h) führt mühelos ein Gespräch.

So ist das mit der Hypophyse *(Klecks).*

Damit beende ich die Krankengeschichte. Wir haben einen neuen Organismus vor uns, der muß von Anfang an beobachtet werden.

Anlagen: Stenogramme seiner Rede, phonographische Aufzeichnungen, photographische Aufnahmen.

Unterschrift: Assistent von Professor F. F. Preobrashenski

Doktor Bormental

6

Ein Spätnachmittag. Ende Januar. Es war die Zeit vor dem Essen und der Sprechstunde. Am Rahmen der Sprechzimmertür hing ein Blatt Papier, auf dem von der Hand des Professors geschrieben stand:

»Ich verbiete, in der Wohnung Sonnenblumenkerne zu knabbern.

F. F. Preobrashenski«

Mit Blaustift hatte Bormental in keksgroßen Buchstaben dazugeschrieben:

»Das Spielen auf Musikinstrumenten ist von 17 bis 19 Uhr verboten.«

Dann folgte eine Notiz von Sina:

»Wenn Sie zurückkommen, sagen Sie dem Professor: Ich weiß nicht, wo er hingegangen ist. Fjodor meint, mit Schwonder.«

Von der Hand des Professors:

»Muß ich noch hundert Jahre auf den Glaser warten?«

Von der Hand Darja Petrownas *(in Druckbuchstaben)*:

»Sina ist einkaufen gegangen, sie sagt, sie bringt ihn mit.«

Im Eßzimmer erzeugte die Lampe mit dem Seidenschirm eine abendliche Stimmung. Die Lichtstrahlen aus dem Büfett brachen sich in der Mitte, denn die Spiegelscheiben waren über Kreuz mit Papierstreifen beklebt. Der Professor saß über den Tisch gebeugt, in eine aufgeschlagene Zeitung vertieft. Blitze verzerrten sein Gesicht, und durch die Zähne rieselten abgerissen geknurrte Wortstummel. Er las eine Notiz:

»Es besteht kein Zweifel, daß es sich um seinen

ungesetzlich geborenen Sohn handelt (wie man in der verfaulten bürgerlichen Gesellschaft sagte). So also amüsiert sich unsere pseudogelehrte Bourgeoisie! Sieben Zimmer hat so was, bis eines Tages das blitzende Schwert der Gerechtigkeit wie ein roter Strahl funkelt.

Schw...r«

Sehr beharrlich, mit verwegener Geschicklichkeit wurde zwei Wände weiter auf einer Balalaika geklimpert, und die Töne einer pfiffigen Variation von »Scheint der Mond« vermengten sich im Kopf des Professors mit den Worten der Zeitungsnotiz zu einem widerwärtigen Brei. Nachdem er zu Ende gelesen hatte, spuckte er sich trocken über die Schulter und trällerte mechanisch durch die Zähne:

»Schei-heint der Mond ... schei-heint der Mond ... schei-heint der Mond ... Pfui Teufel, man wird die verfluchte Melodie nicht los!«

Er läutete. Sinas Gesicht schob sich durch die Portiere.

»Sag ihm, es ist siebzehn Uhr, er soll aufhören und bitte zu mir kommen.«

Der Professor saß im Sessel am Tisch. Zwischen den Fingern der linken Hand ragte ein brauner Zigarrenstummel. Bei der Portiere stand, an den Türrahmen gelehnt und ein Bein übers andere geschlagen, ein Mann von kleinem Wuchs und unsympathischem Aussehen. Storre Haare standen ungleichmäßig auf seinem Kopf wie Gebüsch auf einem gerodeten Feld. Flaum bedeckte das unrasierte Gesicht. Die Stirn verblüffte durch ihre geringe Höhe. Fast unmittelbar über den struppigen schwarzen Augenbrauen begann die dichte Bürste.

Das Jackett, unter der linken Achsel aufgerissen,

war mit Strohhalmen besät, die gestreifte Hose war über dem rechten Knie durchgescheuert und über dem linken mit lila Farbe beschmiert. Um den Hals trug der Mann einen giftblauen Schlips mit einem falschen Rubin. Die Farbe des Schlipses war so schreiend, daß der Professor, wenn er dann und wann die müden Augen schloß, in der völligen Dunkelheit bald an der Decke, bald an der Wand eine lodernde Fackel mit hellblauer Flackerkrone sah. Wenn er die Augen wieder öffnete, blendeten ihn am Fußboden die lichtersprühenden Lackstiefeletten mit den weißen Gamaschen.

Als ob er Galoschen anhat, dachte der Professor angewidert, holte tief Luft, schnaufte und widmete sich seiner erloschenen Zigarre. Der Mensch an der Tür warf ab und zu trübe Blicke auf ihn und rauchte eine Papirossa, wobei er sich das Vorhemd mit Asche bekleckerte.

Die Wanduhr neben dem hölzernen Haselhuhn schlug fünfmal. Dann klang in ihr etwas wie ein Stöhnen nach, als der Professor das Gespräch eröffnete:

»Habe ich nicht schon zweimal gebeten, nicht in der Küche beim Herd zu schlafen und schon gar nicht tagsüber?«

Der Mann hüstelte heiser, als würgte ihn ein Knöchelchen, und antwortete:

»Ich mag die Luft in der Küche.«

Seine Stimme klang ungewöhnlich, etwas dumpf und zugleich hallend, als käme sie aus einem Fäßchen.

Der Professor schüttelte den Kopf und fragte:

»Wo kommt eigentlich diese Scheußlichkeit her? Ich meine den Schlips.«

Der Mensch folgte mit den Augen dem Finger,

so daß sie über die vorgestülpte Unterlippe hinweg liebevoll nach dem Schlips schielten.

»Wieso Scheußlichkeit?« sagte er. »Der Schlips ist doch schick. Darja Petrowna hat ihn mir geschenkt.«

»Ein gräßliches Geschenk, so wie die Schuhe da. Was ist das für ein glänzender Blödsinn? Wo kommt das her? Worum hatte ich gebeten? Anstän-di-ge Schuhe, und was ist das? Hat die etwa Doktor Bormental ausgesucht?«

»Ich habe ihm gesagt, es müssen Lackschuhe sein. Bin ich schlechter als die Menschen? Gehen Sie auf den Kusnezki Most, da trägt alle Welt Lackschuhe.«

Der Professor drehte den Kopf und sagte nachdrücklich:

»Das Schlafen in der Küche hört mir auf. Verstanden? Was ist das für eine Frechheit! Sie stören die Frauen dort.«

Das Gesicht des Mannes lief dunkel an, die Lippen schoben sich vor.

»Ja, Frauen. Na wennschon! Diese feinen Fräuleins. Ganz gewöhnliche Dienstboten, aber angeben wie eine Kommissarsche. Sinachen hat mich verleumdet.«

Der Professor blickte streng.

»Unterstehen Sie sich, sie Sinachen zu nennen! Verstanden?«

Schweigen.

»Ob Sie verstanden haben, will ich wissen.«

»Ja.«

»Nehmen Sie diese Scheußlichkeit vom Hals. Sie ... du ... Sie sollten sich mal im Spiegel angukken, wie Sie aussehen. Wie ein Jahrmarktschreier. Und keine Zigarettenstummel auf den Fußboden werfen, ich sage es zum hundertstenmal. Und kein einziges Schimpfwort mehr in der Wohnung! Nicht ausspucken! Da steht der Spucknapf. Und benehmen Sie sich anständig im Pissoir. Die Gespräche mit Sina hören mir auf. Sie beklagt sich, daß Sie ihr im Dunkeln auflauern. Lassen Sie das! Und wer hat einem Patienten geantwortet ›weiß der Köter!‹? Glauben Sie, Sie sind hier in der Kneipe?«

»Sie engen mich irgendwie furchtbar ein, Väterchen«, sagte der Mann auf einmal weinerlich.

Der Professor lief rot an, seine Brille blitzte.

»Wer ist Ihr Väterchen? Was soll die plumpe Vertraulichkeit? Ich will das nie wieder hören! Reden Sie mich mit Vor- und Vatersnamen an!«

Der Mann zeigte eine freche Miene.

»Was haben Sie bloß andauernd ... Nicht spukken. Nicht rauchen. Da nicht hingehen ... Was soll das alles? Reinweg wie in der Straßenbahn. Lassen Sie mich doch in Ruhe! Und wegen ›Väterchen‹, das hätten Sie sich sparen können. Hab ich Sie gebeten, mich zu operieren!« Der Mann bellte empört. »Eine hübsche Geschichte! Erst schnappt man sich ein Tier, schneidet ihm mit dem Messer den Kopf auf, und dann ekelt man sich davor. Ich hab vielleicht gar nicht erlaubt, mich zu operieren. Ebensowenig« (der Mann blickte zur Zimmerdecke, wie um sich an eine bestimmte Formulierung zu erinnern) »ebensowenig meine Angehörigen. Ich hab vielleicht sogar das Recht, Sie zu verklagen.«

Die Augen des Professors wurden groß und rund, die Zigarre fiel ihm aus der Hand. Ist das ein Typ, ging es ihm durch den Kopf.

»Sie geruhen unzufrieden zu sein, daß ich einen Menschen aus Ihnen gemacht habe?« fragte er mit eingekniffenen Augen. »Sie möchten vielleicht lieber wieder bei den Müllgruben herumlaufen? In den Torwegen frieren? Nun, wenn ich das gewußt hätte ...«

»Was reiben Sie mir dauernd die Müllgruben unter die Nase? Mein Stück Brot hab ich allemal erbeutet. Und wenn ich Ihnen unterm Messer geblieben wäre? Was haben Sie dazu zu sagen, Genosse?«

»Filipp Filippowitsch heiße ich!« schrie der Professor gereizt. »Ich bin nicht Ihr Genosse! Das ist ja ungeheuerlich.« Ein Alptraum, ein Alptraum, dachte er.

»Aber gewiß doch«, sagte der Mann ironisch und setzte siegesbewußt einen Fuß vor. »Wir verstehen bittschön. Wie können wir Ihre Genossen sein! Woher denn! Wir haben nicht auf Universitäten studiert, wir haben nicht in Wohnungen mit fünfzehn Zimmern nebst Badezimmer gelebt. Aber jetzt ist höchste Zeit, daß das aufhört. Heutzutage hat jeder Mensch das Recht ...«

Der Professor lauschte erbleichend den Erörterungen des Menschen. Der unterbrach seine Rede und ging demonstrativ mit seiner zerkauten Papirossa zum Aschbecher. Sein Gang war watschelnd. Umständlich drückte er den Stummel in der Schale aus, und seine Miene schien zu sagen: Da! Da! Dann ging er zurück, knackte plötzlich mit den Zähnen und schob die Nase unter die Achsel.

»Mit den Fingern fängt man Flöhe! Mit den Fingern!« schrie der Professor wütend. »Ich verstehe überhaupt nicht, wo Sie die immer auflesen.«

»Was weiß ich, zücht ich sie etwa?« sagte der Mann beleidigt. »Die Flöhe mögen mich wohl.« Er tastete mit den Fingern im Ärmelfutter umher und ließ ein Flöckchen gelblicher Polsterwatte fliegen.

Der Professor blickte zu den Stuckgirlanden an der Decke und trommelte mit den Fingern auf den Tisch. Der Mensch hatte den Floh hingerichtet und setzte sich auf einen Stuhl. Dabei ließ er die Hände vor den Jackettrevers von den angewinkelten Armen herabbaumeln. Seine Augen schielten zu den Parkettriemen. Er beschaute mit großem Vergnügen seine Schuhe. Der Professor blickte auch zu den stumpfen Schuhspitzen, auf denen scharfe Lichtflecke blitzten, kniff die Augen schmal und sagte:

»Was für eine Angelegenheit wollten Sie mir vortragen?«

»Was für eine Angelegenheit? Eine ganz einfache. Filipp Filippowitsch, ich brauch ein Dokument.«

Dem Professor gab es einen Ruck.

»Hm ... Verdammt! Ein Dokument! Wirklich ... Ähem ... Vielleicht geht es irgendwie auch ohne ...« Seine Stimme klang unsicher und wehmütig.

»Aber erlauben Sie«, antwortete der Mensch selbstsicher, »wie soll das gehn ohne Dokument? Ich muß doch sehr bitten. Sie wissen selber, einem Menschen ohne Dokument ist es streng verboten, zu existieren. Erstens das Hauskomitee ...«

»Was hat das Hauskomitee damit zu tun?«

»Das fragen Sie noch? Jedesmal, wenn sie mich treffen, fragen sie mich: Wann läßt du dich endlich eintragen, Verehrtester?«

»Ach du lieber Gott«, rief der Professor verzagt, »sie fragen ... Ich kann mir denken, was Sie denen antworten. Dabei habe ich Ihnen verboten, sich im Treppenhaus herumzutreiben.«

»Was denn, bin ich ein Häftling?« fragte der

Mensch verwundert, und das Bewußtsein, im Recht zu sein, glühte sogar aus seinem Rubin. »Was heißt hier herumtreiben? Ihre Worte kränken mich. Ich gehe, wie alle Menschen.«

Dabei schlenkerte er mit den lackierten Füßen übers Parkett.

Der Professor verstummte und blickte zur Seite. Ich muß mich beherrschen, dachte er, trat zum Büfett und stürzte ein Glas Wasser hinunter.

»Ausgezeichnet«, sagte er ganz ruhig, »es geht nicht um Worte. Also, was sagt Ihr großartiges Hauskomitee?«

»Was soll es schon sagen ... Sie brauchen es gar nicht als großartig beschimpfen. Es verteidigt die Interessen.«

»Wessen Interessen, wenn ich fragen darf?«

»Ist doch klar, die des werktätigen Elements.«

Der Professor riß die Augen auf.

»Wieso sind Sie ein Werktätiger?«

»Ist doch klar, ich bin kein NÖP-Schieber.«

»Na schön. Also, was benötigt es zum Schutz Ihrer revolutionären Interessen?«

»Ist doch klar – angemeldet muß ich werden. Die sagen, es wär noch nie dagewesen, daß ein Mensch unangemeldet in Moskau lebt. Das zum ersten. Aber das wichtigste – die Erfassungskarte. Ich will ja kein Deserteur sein. Und dann die Gewerkschaft, das Arbeitsamt ...«

»Erlauben Sie mir die Frage, womit soll ich Sie anmelden? Mit dem Tischtuch hier oder mit meinem Paß? Wir müssen doch die Situation berücksichtigen! Vergessen Sie nicht, daß Sie ... äh ... hm ... Sie sind sozusagen ein plötzlich vorhandenes Wesen, aus dem Labor.« Der Professor wurde immer unsicherer.

Der Mensch schwieg siegesbewußt.

»Ausgezeichnet. Was ist denn letzten Endes erforderlich, um Sie anzumelden und überhaupt alles nach dem Plan Ihres Hauskomitees einzurichten? Sie haben doch weder Vor- noch Nachnamen.«

»Sie tun mir Unrecht. Den Namen kann ich mir in aller Ruhe aussuchen. Er kommt in die Zeitung, und fertig.«

»Wie wünschen Sie denn zu heißen?«

Der Mensch zupfte den Schlips zurecht und antwortete:

»Polygraf Polygrafowitsch.«

»Spielen Sie hier nicht den Dummkopf«, entgegnete der Professor mürrisch. »Ich spreche ernsthaft mit Ihnen.«

Ein giftiges Lächeln zog den Schnurrbart des Menschen schief.

»Ich versteh da was nicht«, sagte er vergnügt und vernünftig. »Ich darf keine gemeinen Ausdrücke gebrauchen. Ich darf nicht spucken. Und von Ihnen krieg ich bloß zu hören: ›Dummkopf‹. In der RSFSR dürfen wohl nur Professoren fluchen?«

Der Professor lief dunkel an, goß sich ein Glas Wasser ein und ließ es fallen. Er leerte ein anderes und dachte: Es fehlt nicht viel, dann fängt er an, mich zu belehren, und er hat ganz recht. Ich kann mich nicht beherrschen.

Er drehte sich auf dem Stuhl herum, verneigte sich übertrieben höflich und sagte mit eiserner Festigkeit:

»Ent-schuldigen Sie. Meine Nerven sind nicht die besten. Ihr Name kommt mir sonderbar vor. Gestatten Sie die Frage, wo haben Sie den ausgegraben?«

»Das Hauskomitee hat mir dazu geraten. Wir haben im Kalender gesucht. Welchen willst du? haben sie gesagt. Da hab ich mir den ausgesucht.«

»Aber der kann in keinem Kalender gestanden haben.«

»Ziemlich erstaunlich.« Der Mensch lachte auf. »Sie haben doch einen im Untersuchungszimmer hängen.«

Der Professor, ohne aufzustehen, drückte auf den Tapetenknopf, und Sina erschien.

»Den Kalender aus dem Untersuchungszimmer.«

Eine Pause verstrich. Als Sina mit dem Kalender zurückkam, fragte der Professor:

»Wo?«

»Am vierten März wird er gefeiert.«

»Zeigen Sie mal her ... Hm ... verdammt ... In den Ofen damit, Sina, aber schnell.«

Sina riß erschrocken die Augen auf und ging mit dem Kalender hinaus, der Mensch aber schüttelte vorwurfsvoll den Kopf.

»Darf ich auch den Nachnamen erfahren?«

»Ich möchte meinen alten Namen behalten.«

»Was? Alten? Nämlich?«

»Bellow.«

Im Arbeitszimmer vor dem Schreibtisch stand der Vorsitzende des Hauskomitees Schwonder in seiner Lederjoppe. Doktor Bormental saß im Sessel. Auf seinen frostgeröteten Wangen (er war eben erst zurückgekehrt) lag ein ebenso verwirrter Ausdruck wie auf dem Gesicht des Professors, der neben ihm saß.

»Was soll ich schreiben?« fragte er ungeduldig.

»Na, das ist nicht weiter schwierig«, sagte Schwonder. »Schreiben Sie eine Bescheinigung, Bürger Professor. So und so, der Vorzeiger dieses ist Polygraf Polygrafowitsch Bellow, geboren … hm … in Ihrer Wohnung.«

Bormental bewegte sich verblüfft in seinem Sessel. Der Professor sträubte den Schnurrbart.

»Hm … verdammt! Was Dümmeres kann man sich nicht vorstellen. Er ist ja gar nicht geboren, sondern einfach … na, kurz und gut …«

»Ihre Sache, ob er geboren ist oder nicht«, sagte Schwonder mit ruhiger Schadenfreude. »Jedenfalls haben Sie den Versuch gemacht, Professor! Sie haben den Bürger Bellow geschaffen.«

»Und zwar ganz einfach«, bellte Bellow vom Bücherschrank her, wo er den Anblick seines Schlipses in der spiegelnden Tiefe genoß.

»Ich muß doch sehr bitten, sich nicht in das Gespräch einzumischen«, fauchte der Professor. »Es ist Humbug, wenn Sie sagen, ganz einfach. Es ist eben nicht ganz einfach.«

»Wieso soll ich mich nicht einmischen?« brummte Bellow beleidigt.

Schwonder unterstützte ihn sogleich:

»Entschuldigen Sie, Professor, aber der Bürger Bellow hat ganz recht. Es ist sein gutes Recht, mitzureden, wenn es um ihn selbst geht, insbesondere um sein Dokument. Das Dokument ist das Wichtigste auf der Welt.«

In diesem Moment unterbrach ein schrilles Klingeln das Gespräch. Der Professor sagte »ja« in den Hörer, lief rot an und schrie:

»Behelligen Sie mich bitte nicht mit solchen Lappalien. Was geht das Sie an?« Er knallte den Hörer in die Gabel.

Hellblaue Freude ergoß sich über Schwonders Gesicht.

Der Professor, puterrot, schrie:

»Kurz und gut, machen wir Schluß.«

Er riß ein Blatt vom Notizblock und warf ein paar Wörter darauf, dann las er gereizt vor:

»›Hiermit bestätige ich‹ ... Weiß der Teufel, was das wird ... Hm ... ›Der Vorzeiger dieses ist ein bei einem Laborversuch durch eine Gehirnoperation entstandener Mensch, und er braucht Dokumente‹ ... Verdammt! Ich bin ja überhaupt dagegen, daß er diese idiotischen Dokumente bekommt. Unterschrift – ›Professor Preobrashenski.‹«

»Sehr merkwürdig, Professor«, sagte Schwonder verärgert, »wieso nennen Sie die Dokumente idiotisch? Ich kann nicht dulden, daß ein Mieter ohne Dokumente im Hause wohnt, ganz besonders wenn er von der Miliz noch nicht militärisch erfaßt ist. Und wenn auf einmal Krieg kommt mit den imperialistischen Räubern?«

»Ich gehe in keinen Krieg!« kläffte Bellow mürrisch in den Schrank.

Schwonder war baff, aber er faßte sich rasch und sagte höflich zu Bellow: »Bürger Bellow, Sie reden im höchsten Maße verantwortungslos. Die militärische Erfassung ist für jeden verbindlich.«

»Erfassen lassen kann ich mich ja, aber in den Krieg – den Teufel werd ich tun«, antwortete Bellow feindselig und richtete den Schlips.

Jetzt war die Reihe an Schwonder, verlegen zu sein. Der Professor sah Bormental ingrimmig und wehmütig an: Na bitte, so ist das mit seiner Moral. Bormental nickte vielsagend.

»Ich bin bei der Operation schwer verwundet worden«, heulte Bellow finster, »da, wie sie mich zugerichtet haben.« Er zeigte auf seinen Kopf. Quer über die Stirn zog sich die frische Operationsnarbe.

»Sie sind ein Anarchist und Individualist?« fragte Schwonder und zog die Augenbrauen hoch.

»Mir steht eine Freistellung zu«, antwortete Bellow.

»Na gut, das ist jetzt nicht so wichtig«, sagte Schwonder verwundert, »Fakt ist, daß wir die Bescheinigung des Professors zur Miliz schicken und Sie Ihr Dokument kriegen.«

»Hören Sie mal«, unterbrach ihn der Professor, dem sichtlich ein Gedanke zusetzte. »Haben Sie im Haus nicht ein Zimmer frei? Ich bin bereit, es zu kaufen.«

In Schwonders braunen Augen tanzten gelbliche Fünkchen.

»Nein, Professor, zu meinem größten Bedauern. Auch nicht in absehbarer Zeit.«

Der Professor preßte die Lippen zusammen und sagte nichts. Wieder schrillte das Telefon. Wortlos riß er den Hörer so heftig von der Gabel, daß der, sich drehend, an der hellblauen Schnur baumelte. Alle fuhren zusammen. Ganz schön nervös, der Alte, dachte Bormental. Schwonder verbeugte sich mit funkelnden Augen und ging.

Bellow folgte ihm mit knarrenden Stiefeln.

Der Professor war mit Bormental allein. Nach kurzem Schweigen schüttelte er sacht den Kopf und sagte:

»Das ist ein Alptraum, wirklich wahr. Haben Sie das gesehen? Ich schwöre Ihnen, lieber Doktor, diese zwei Wochen haben mich mehr mitgenommen als die letzten vierzehn Jahre! Das ist ein Typ, ich kann Ihnen flüstern ...«

In der Ferne klirrte dumpf eine Glasscheibe, dann flatterte ein gedämpfter Frauenschrei auf und erlosch sogleich. Ein böser Geist bewegte sich, gegen die Tapeten polternd, durch den Korridor zum Untersuchungszimmer, dort krachte etwas und sauste sofort zurück. Türen klappten, aus der Küche kam ein tiefer Schrei von Darja Petrowna. Dann heulte Bellow.

»Mein Gott, schon wieder was!« schrie der Professor und stürzte zur Tür.

»Ein Kater«, erriet Bormental und sprang ihm hinterher. Sie liefen durch den Korridor zur Diele, stürmten hinein und von dort in den anderen Korridor, der zur Toilette und zum Badezimmer führte. Aus der Küche kam Sina gerannt und prallte gegen den Professor.

»Wie oft habe ich schon gesagt, Katzen haben hier nichts zu suchen«, schrie der Professor wutschäumend. »Wo ist sie? Iwan Arnoldowitsch, um Gottes willen, beruhigen Sie die Patienten draußen!«

»Im Badezimmer, im Badezimmer sitzt das verdammte Vieh«, rief Sina keuchend.

Der Professor warf sich gegen die Badezimmertür, aber sie ging nicht auf.

»Sofort aufmachen!«

Als Antwort sprang im zugeschlossenen Badezimmer etwas gegen die Wände, Schüsseln fielen herunter, und Bellows wilde Stimme brüllte dumpf hinter der Tür:

»Ich bring dich um ...«

Wasser rauschte durch die Leitungsrohre. Der Professor rüttelte an der Tür. Die erhitzte Darja Petrowna erschien mit verzerrtem Gesicht in der Küchentür. Sodann wurde das Fenster, das oben an der Decke vom Badezimmer in die Küche blickte, rissig, gleichsam wurmstichig, zwei Scherben fielen herunter, und ihnen folgte ein riesiger, tigerartig gestreifter Kater mit einer hellblauen Schleife um den Hals, anzuschauen wie ein Schutzmann. Er fiel direkt auf den Tisch, in eine längliche Schüssel, die in zwei Hälften zerbarst, sprang von dort auf den Fußboden, drehte sich auf drei Pfoten, schwenkte die vierte wie im Tanz und sauste durch den Türspalt zur Hintertreppe. Der Spalt verbreiterte sich, und als Ablösung des Katers erschien ein Greisinnengesicht mit Kopftuch. Gleich darauf war der Rock der Alten, mit weißen Tupfen gesprenkelt, schon in der Küche. Mit Daumen und Zeigefinger rieb sie sich den eingesunkenen Mund, guckte mit vorstehenden stechenden Augen in der Küche herum und sagte neugierig: »O Herr Jesus!«

Der bleiche Professor durchquerte die Küche und fragte die Alte barsch:

»Was wollen Sie?«

»Den sprechenden Hund möcht ich sehen«, antwortete die Alte schmeichelnd und bekreuzigte sich.

Der Professor erbleichte noch mehr, trat dicht an die Alte heran und flüsterte wie erstickend:

»Raus aus der Küche!«

Die Alte wich zur Tür und sagte beleidigt:

»Sie sind ja ziemlich frech, Herr Professor.«

»Raus, hab ich gesagt!« wiederholte der Professor, und seine Augen wurden rund wie bei einer Eule. Eigenhändig schmetterte er hinter der Alten die Tür zu. »Darja Petrowna, ich hatte Sie doch gebeten!«

»Was soll ich denn machen, Filipp Filippowitsch«, antwortete Darja Petrowna verzweifelt und ballte die Hände zu Fäusten. »Die Leute lassen einem keine Ruhe, man möchte am liebsten alles hinschmeißen.«

Im Badezimmer rauschte das Wasser dumpf und bedrohlich, doch Stimmen waren nicht mehr zu hören. Doktor Bormental kam hinzu.

»Iwan Arnoldowitsch, ich bitte Sie dringend ... hm ... Wieviel Patienten sind noch draußen?«

»Elf«, antwortete Bormental.

»Schicken Sie sie weg, die Sprechstunde fällt heute aus.«

Er klopfte mit dem Fingerknöchel an die Tür und rief: »Kommen Sie sofort heraus! Warum haben Sie sich eingeschlossen?«

»Hu-hu!« antwortete Bellows Stimme kläglich und jammervoll.

»Verdammt nochmal, ich höre nichts, drehen Sie den Hahn zu.«

»Wau-wau!«

»Drehen Sie doch den Hahn zu! Was macht er da, ich verstehe das nicht«, schrie der Professor, der allmählich in Raserei geriet.

Sina und Darja Petrowna hatten die Küchentür geöffnet und äugten heraus. Der Professor schlug mit der Faust gegen die Tür.

»Da ist er!« rief Darja Petrowna aus der Küche.

Der Professor eilte dorthin. Durch das zerschlagene Fenster unter der Decke schob sich die Visage von Bellow in die Küche. Sie war verzerrt, die Augen blickten weinerlich, und über die Nase zog sich ein flammendroter Kratzer.

»Sind Sie wahnsinnig geworden?« fragte der Professor. »Warum kommen Sie nicht heraus?«

Bellow warf einen ängstlichen und trübsinnigen Blick zurück und antwortete:

»Ich hab mich eingeschlossen.«

»Öffnen Sie das Schloß. Haben Sie noch nie ein Schloß gesehen?«

»Aber ich krieg das verfluchte Ding nicht auf!« antwortete Bellow verängstigt.

»Du meine Güte, er hat die Sicherung zuschnappen lassen!« rief Sina und schlug die Hände zusammen.

»Da ist ein Knopf!« schrie der Professor, um das Wasser zu übertönen. »Drücken Sie ihn nach unten, nach unten!«

Bellow verschwand und zeigte sich gleich wieder im Fenster.

»Ich seh nichts«, bellte er entsetzt.

»Machen Sie doch Licht. Der ist durchgedreht!«

»Das verdammte Katervieh hat die Lampe zertöppert«, antwortete Bellow, »und wie ich den Halunken bei den Beinen packen wollte, hab ich den Hahn abgerissen, und jetzt kann ich ihn nicht finden.«

Da schlugen alle drei die Hände zusammen und erstarrten.

Fünf Minuten später saßen Bormental, Sina und Darja Petrowna nebeneinander auf dem eingerollten nassen Teppich vor der Badezimmertür und preßten ihn mit ihren Hinterteilen gegen den unteren Türspalt, und der Portier Fjodor kletterte mit der brennenden Hochzeitskerze Darja Petrownas über eine hölzerne Trittleiter durch das Fenster. Sein Hintern, grau und grobgewürfelt, schwebte in der Luft und verschwand in der Öffnung.

»Hu-hu!« schrie Bellow im Rauschen des Wassers.

Dann sagte Fjodors Stimme:

»Filipp Filippowitsch, wir müssen ja doch aufmachen, was rausläuft, wischen wir in der Küche weg.«

»Machen Sie auf!« rief der Professor ärgerlich.

Das Trio erhob sich vom Teppich, Fjodor drückte die Badezimmertür auf, und nun wälzte sich die Flut in den Korridor, wo sie sich in drei Ströme teilte: gradeaus in die Toilette gegenüber, nach rechts zur Küche und nach links zur Diele. Sina hüpfte platschend hin und schloß die Dielentür. Fjodor kam, bis an die Knöchel im Wasser, aus dem Bad und schmunzelte. Es sah aus, als wären seine Sachen aus Wachstuch, so durchnäßt war er.

»Ich hab's mit Mühe zugestopft, bei dem Druck«, erklärte er.

»Wo ist der Kerl?« fragte der Professor und zog fluchend ein Bein hoch.

»Er traut sich nicht raus«, sagte Fjodor mit dummem Lachen.

»Werden Sie mich schlagen, Väterchen?« rief Bellows Stimme weinerlich aus dem Bad.

»Plattkopf!« entgegnete der Professor kurz.

Sina und Darja Petrowna, mit nackten Beinen, die Röcke bis zu den Knien gerafft, sowie Bellow und der Portier, barfuß, mit hochgekrempelten Hosenbeinen, wischten mit nassen Lappen den Küchenfußboden und wrangen sie über dem Ausguß und schmutzigen Eimern aus. Der verlassene Herd summte. Wasser lief durch die Tür ins hallende Treppenhaus und floß durch den Schacht in den Keller. Bormental stand auf Zehenspitzen in einer tiefen Lache auf dem Parkett in der Diele und verhandelte hinter vorgelegter Kette durch den Türspalt: »Heute ist keine Sprechstunde, der Professor fühlt sich nicht gut. Gehen Sie bitte weg von der Tür, bei uns ist ein Wasserrohr geplatzt.«

»Wann ist denn Sprechstunde?« drängte die Stimme hinter der Tür. »Bei mir dauert's nur ein Minütchen.«

»Es geht nicht.« Bormental verlagerte das Gewicht von den Zehenspitzen auf die Absätze. »Der Professor liegt im Bett, ein Rohr ist geplatzt. Kommen Sie morgen. Sina, Liebste, wischen Sie hier auf, es läuft ja schon die Vordertreppe hinunter.«

»Die Lappen schaffen's nicht.«

»Gleich schöpfen wir mit Bechern«, ließ sich Fjodor vernehmen, »gleich.«

Es klingelte immer wieder. Bormental stand schon mit den Sohlen im Wasser.

»Wann ist denn nun die Operation?« beharrte eine Stimme und versuchte sich durch den Türspalt zu zwängen.

»Ein Wasserrohr ist geplatzt.«

»Ich könnte ja in Galoschen durchgehen.«

Bläuliche Silhouetten bewegten sich vor der Tür.

»Unmöglich, kommen Sie morgen.«

»Aber ich bin für heute bestellt.«

»Morgen. Wir haben eine Katastrophe mit der Wasserleitung.«

Fjodor rutschte zu Füßen des Doktors in dem See herum und schöpfte mit einem Becher. Der zerkratzte Bellow hatte sich eine andere Methode ausgedacht. Er hatte einen großen Lappen zusammengerollt, lag bäuchlings im Wasser und schob es aus der Diele zurück zur Toilette.

»Wozu schiebst du es durch die Wohnung, du Waldschrat?« rief Darja Petrowna ärgerlich. »Schöpf es in den Ausguß.«

»Das bringt nichts«, antwortete Bellow, mit den Händen nach dem trüben Wasser haschend, »es läuft ja schon die Vordertreppe runter.«

Aus dem Korridor rutschte knirschend eine kleine Bank, darauf stand balancierend der Professor in dunkelblaugestreiften Socken.

»Iwan Arnoldowitsch, kümmern Sie sich nicht um die Leute. Kommen Sie ins Schlafzimmer, ich gebe Ihnen Pantoffeln.«

»Nicht nötig, Filipp Filippowitsch, unwichtig.«

»Oder steigen Sie in die Galoschen.«

»Lassen Sie doch, meine Füße sind sowieso naß.«

»Ach Gott!« rief der Professor verdrossen.

»Das ist aber auch ein gemeines Vieh!« ließ sich auf einmal Bellow vernehmen und watschelte in der Hocke herein, eine Suppenschüssel in der Hand. Bormental warf die Tür zu, er hielt es nicht mehr aus und lachte. Die Nasenflügel des Professors blähten sich, die Brille blitzte.

»Von wem sprechen Sie?« fragte er Bellow von oben herab. »Das möchte ich doch wissen.«

»Von dem Kater natürlich. Dieses Mistvieh«, antwortete Bellow mit huschenden Augen.

»Wissen Sie, Bellow«, entgegnete der Professor und holte tief Luft, »ich habe mit Sicherheit noch nie ein so freches Wesen gesehen wie Sie.«

Bormental kicherte.

»Sie sind schlicht ein Flegel«, fuhr der Professor fort. »Wie können Sie es wagen, so etwas zu sagen? Sie haben das Ganze angerichtet, und jetzt nehmen sich heraus … Ach was! Der Teufel soll's holen!«

»Bellow, sagen Sie mir bitte«, fragte Bormental, »wie lange wollen Sie noch hinter Katzen herjagen? Schämen Sie sich! Das ist ja eine Unart! Sie benehmen sich wie ein Wilder!«

»Ich bin kein Wilder«, erwiderte Bellow mürrisch, »überhaupt nicht. Man darf sie nicht in der Wohnung dulden. Die suchen ja bloß, wo es was zu klauen gibt. Neulich hat der Kater Darja Hackfleisch weggefressen. Ich wollte ihm einen Denkzettel verpassen.«

»Einen Denkzettel könnten Sie selber gebrauchen!« antwortete der Professor. »Sehen Sie sich doch mal Ihre Visage im Spiegel an.«

»Ich hätte beinah ein Auge verloren«, sagte Bellow finster und berührte sein Auge mit der nassen schmutzigen Hand.

Als das von der Nässe dunkle Parkett ein wenig getrocknet war, beschlugen alle Spiegel wie im Dampfbad, und das Klingeln hörte auf. Der Professor stand in roten Saffianpantoffeln in der Diele.

»Für Sie, Fjodor.«

»Ergebensten Dank.«

»Ziehen Sie sich gleich um. Vorher trinken Sie bei Darja Petrowna einen Wodka.«

»Ergebensten Dank.« Fjodor druckste, dann sagte er: »Da wäre noch was, Filipp Filippowitsch. Entschuldigen Sie, es ist mir ja peinlich. Aber ich krieg noch was für die Scheibe in Wohnung sieben ... Der Bürger Bellow hat mit Steinen geworfen ...«

»Nach dem Kater?« fragte der Professor, finster wie eine Gewitterwolke.

»Ja, und nach dem Wohnungsinhaber. Der wollte schon Anzeige erstatten.«

»Verdammt!«

»Bellow wollte dem seine Köchin umarmen, und da hat der ihn rausgeschmissen. Na, da hat es Stunk gegeben.«

»Um Gottes willen, erzählen Sie mir immer gleich, wenn so was passiert! Wieviel macht es?«

»Einsfünfzig.«

Der Professor holte drei blanke Fünfziger hervor und gab sie dem Portier.

»Für den gemeinen Kerl auch noch Geld«, tönte es dumpf in der Tür, »der hat ja selber ...«

Der Professor drehte sich um, biß sich auf die Lippen, drängte Bellow wortlos in die Diele und schloß ihn ein. Bellow hämmerte sogleich mit den Fäusten gegen die Tür.

»Sofort aufhören!« rief der Professor mit deutlich kranker Stimme.

»Es ist wirklich die Höhe«, bemerkte der Portier vielsagend, »einen solchen Flegel habe ich noch nicht erlebt.«

Bormental stand da wie aus der Erde gewachsen.

»Filipp Filippowitsch, bitte regen Sie sich nicht auf.«

Der energische Äskulap schloß die Dielentür auf, und dann dröhnte von dort seine Stimme:

»Was soll das? Sind wir hier in der Kneipe?«

»Recht so«, sagte der Portier entschlossen, »recht so ... Und nun noch eins ans Maul ...«

»Aber Fjodor«, brummte der Professor traurig.

»Ich bitte Sie, Filipp Filippowitsch, Sie tun mir leid.«

7

»Nein und nochmals nein!« sagte Bormental hartnäckig, »bitte erst die Serviette.«

»Mein Gott, was soll das«, knurrte Bellow erbittert.

»Ich danke Ihnen, Doktor«, sagte der Professor freundlich, »ich bin es leid, ihm dauernd Vorhaltungen zu machen.«

»Ich erlaube Ihnen nicht zu essen, ehe Sie die Serviette umhaben. Sina, nehmen Sie ihm die Mayonnaise weg.«

»Warum denn?« rief Bellow ärgerlich. »Ich mach sie ja schon um.«

Mit der linken Hand beschirmte er das Schüsselchen vor Sina, mit der rechten stopfte er die Serviette hinter den Kragen und sah nun aus wie ein Friseurkunde.

»Bitte mit der Gabel«, sagte Bormental.

Bellow gab einen Stoßseufzer von sich und angelte nach den Störhappen in der dicken Soße.

»Wie wär's mit noch einem Schnäpschen?« fragte er.

»Haben Sie nicht genug?« erkundigte sich Bormental. »Sie sprechen dem Wodka in letzter Zeit kräftig zu.«

»Tut es Ihnen leid darum?« fragte Bellow mit einem bösen Blick.

»Dummes Zeug«, mischte sich der Professor gereizt ein, aber Bormental unterbrach ihn:

»Bleiben Sie ruhig, Filipp Filippowitsch, ich mach das schon. Bellow, Sie reden Blödsinn, und was mich am meisten empört, Sie reden ihn kategorisch und mit Überzeugung. Um den Wodka tut es mir natürlich nicht leid, zumal er nicht mir gehört, sondern dem Professor. Nein, er ist einfach schädlich. Das zum ersten. Zweitens – Sie benehmen sich auch ohne Wodka ungehörig genug.«

Bormental zeigte auf die geklebte Büfettscheibe.

»Sina, geben Sie mir bitte noch von dem Fisch«, sagte der Professor.

Bellow griff inzwischen mit einem Seitenblick zu Bormental nach der Karaffe und füllte sein Glas.

»Sie müssen auch den anderen eingießen«, sagte Bormental, »und zwar in dieser Reihenfolge: zuerst dem Professor, dann mir und zum Schluß sich selbst.«

Um Bellows Mund spielte kaum merklich ein ironisches Lächeln, während er allen eingoß.

»Bei Ihnen muß es immer zugehen wie bei einer Parade«, bemerkte er, »Serviette dahin, Schlips dorthin, ›entschuldigen Sie‹ und ›bitte‹ und ›merci‹, aber mal so richtig, das gibt es nicht. Sie machen sich selber das Leben schwer wie unterm Zarenregime.«

»Was heißt das, mal so richtig? Wenn ich fragen darf.«

Bellow gab dem Professor keine Antwort, sondern hob das Glas und sagte:

»Na, darauf, daß Sie alle ...«

»Und Sie auch«, fiel Bormental etwas spöttisch ein.

Bellow kippte sich den Inhalt seines Glases in den Hals, verzog das Gesicht, führte ein Stück Brot zur Nase, schnupperte daran und aß es, und seine Augen füllten sich mit Tränen.

»Übung hat er«, warf der Professor wie geistesabwesend hin.

Bormental guckte verwundert.

»Wie meinen ...«

»Übung hat er!« wiederholte der Professor und schüttelte bitter den Kopf. »Nichts zu machen – Klim.«

Bormental sah dem Professor mit verschärftem Interesse in die Augen.

»Glauben Sie, Filipp Filippowitsch?«

»Glauben? Meinen? Ich bin ganz sicher.«

»Sollte etwa ...«, begann Bormental und verstummte mit einem Seitenblick zu Bellow.

Der zog argwöhnisch die Stirn kraus.

»Später«, sagte der Professor halblaut.

»Gut«, antwortete sein Assistent.

Sina trug den Truthahn auf. Bormental goß dem Professor Rotwein ein und bot auch Bellow davon an.

»Ich will nicht. Ich nehm lieber noch ein Schnäpschen.« Sein Gesicht glänzte, auf die Stirn trat Schweiß, er wurde lustig. Auch der Professor war vom Wein sanfter gestimmt. Seine Augen blickten klar, und er sah wohlwollend Bellow an, dessen schwarzer Kopf in der Serviette aussah wie eine Fliege im Sauerrahm.

Bormental, gleichfalls gestärkt, spürte Tatendrang. »Nun, was unternehmen wir heute abend?« fragte er Bellow.

Der klapperte mit den Augen und antwortete:

»Wir gehen am besten in den Zirkus.«

»Jeden Tag in den Zirkus«, bemerkte der Professor wohlmeinend, »ich finde das ziemlich langweilig. An Ihrer Stelle würde ich wenigstens einmal ins Theater gehen.«

»Ins Theater geh ich nicht«, erwiderte Bellow feindselig und bekreuzigte seinen Mund.

»Aufstoßen bei Tisch verdirbt den andern den Appetit«, sagte Bormental mechanisch. »Entschuldigen Sie ... Aber was haben Sie eigentlich gegen das Theater?«

Bellow blickte durch sein leeres Glas wie durch ein Fernrohr, überlegte und schob die Lippen vor.

»Alles dummes Zeug ... Gerede, Gerede ... Die reinste Konterrevolution.«

Der Professor lehnte sich zurück gegen die gotische Sessellehne und lachte so herzlich, daß die goldene Zahnreihe in seinem Mund blinkte. Bormental drehte den Kopf.

»Sie sollten mal was lesen«, schlug er vor, »wissen Sie, sonst ...«

»Ich lese ja, ich lese«, antwortete Bellow und goß sich flink ein halbes Glas Wodka ein.

»Sina«, rief der Professor beunruhigt, »nimm den Wodka weg, Kindchen. Den brauchen wir nicht mehr. Was lesen Sie denn?«

In seinem Kopf malte sich plötzlich ein Bild: eine einsame Insel, eine Palme, ein Mann im Tierfell mit Kappe, Robinson sollte er lesen …

»Diesen … Wie war das gleich … Briefwechsel zwischen Engels und diesem … wie heißt er noch, der Satan … Kautsky.«

Bormental blieb die Gabel mit einem Stück Truthahnfleisch auf halbem Wege zum Mund stehen, und der Professor verschüttete Wein. Bellow benutzte den Moment und kippte den Wodka. Der Professor legte die Ellbogen auf den Tisch, sah Bellow durchdringend an und fragte:

»Darf ich wohl fragen, was Sie mir sagen können zu dem, was Sie gelesen haben?«

Bellow zuckte die Achseln.

»Ich bin nicht einverstanden.«

»Mit wem? Mit Engels oder mit Kautsky?«

»Mit beiden«, antwortete Bellow.

»Bei Gott, bemerkenswert. Jeder, der sagt, daß eine andere … Was würden Sie denn Ihrerseits vorschlagen?«

»Was soll ich schon vorschlagen? Die schreiben was zusammen … Ein Kongreß, irgendwelche Deutschen … Da platzt einem ja der Kopf. Einfach alles nehmen und aufteilen …«

»Das habe ich mir gedacht«, rief der Professor und schlug mit der flachen Hand aufs Tischtuch. »Genauso hab ich's mir vorgestellt.«

»Wissen Sie auch eine Methode?« fragte Bormental interessiert.

»Was denn für eine Methode«, versetzte Bellow, den der Wodka gesprächig machte, »das ist nicht weiter schwierig. Aber bitte: Der eine macht sich in sieben Zimmern breit und hat vierzig Hosen, der andere streunt und sucht in den Müllkästen nach Nahrung.«

»Das mit den sieben Zimmern ist natürlich eine Anspielung auf mich?« fragte der Professor mit einem hochmütigen Blick.

Bellow duckte sich und schwieg.

»Nun gut, ich habe nichts gegen die Teilung. Doktor, wieviel Patienten haben Sie gestern weggeschickt?«

»Neununddreißig«, antwortete Bormental.

»Hm ... Macht dreihundertneunzig Rubel. Nun, nicht viel für drei Männer. Die Damen Sina und Darja rechnen wir nicht mit. Also, Bellow, ich bekomme hundertdreißig Rubel von Ihnen. Wollen Sie bitte zahlen.«

»Eine schöne Geschichte«, antwortete Bellow erschrocken, »was soll denn das?«

»Für den Wasserhahn und den Kater«, blaffte der Professor, den seine ironische Gelassenheit im Stich ließ.

»Filipp Filippowitsch«, rief Bormental beunruhigt.

»Warten Sie. Für die Schweinerei, die Sie angerichtet haben und wegen der ich die Sprechstunde absagen mußte. Das ist ja unerträglich. Sie springen in der Wohnung herum wie der erste Mensch und reißen Wasserhähne ab. Wer hat die Katze von Madame Polassucher umgebracht? Wer ...«

»Sie, Bellow, haben vorgestern im Treppenhaus eine Dame gebissen«, warf Bormental ein.

»Sie stehen ...«, brüllte der Professor.

»Aber sie hatte mir eine runtergehauen«, kreischte Bellow, »ich hab schließlich keine volkseigene Visage!«

»Weil Sie sie in die Brust gekniffen haben«, schrie Bormental und warf sein Glas um, »Sie stehen ...«

»Sie stehen auf der untersten Entwicklungsstufe«, überschrie ihn der Professor, »Sie sind ein sich erst herausbildendes und geistig schwaches Wesen, alle Ihre Handlungen sind rein tierisch, und da unterstehen Sie sich, zwei Männern mit Universitätsbildung unerträglich dreist irgendwelche Ratschläge von kosmischem Maßstab und ebenso kosmischer Dummheit zu geben, wie alles aufzuteilen wäre ... und dabei essen Sie Zahnpulver ...«

»Vorgestern«, bestätigte Bormental.

»Na bitte«, dröhnte der Professor, »schreiben Sie sich unter die Nase – übrigens, warum haben Sie die Zinksalbe davon abgewischt? –, daß Sie zu schweigen haben und zuzuhören, wenn man Ihnen was sagt. Sie müssen lernen und sich Mühe geben, wenigstens ein halbwegs akzeptables Mitglied der sozialen Gesellschaft zu werden. Übrigens, welcher Halunke hat Ihnen das Buch gegeben?«

»Für Sie ist jeder ein Halunke«, antwortete Bellow erschrocken, ganz betäubt von diesem Doppelangriff.

»Ich kann es mir denken«, rief der Professor, rot vor Wut.

»Von mir aus. Schwonder hat es mir gegeben. Er ist kein Halunke ... Damit ich mich entwickle ...«

»Ich sehe, wie Sie sich entwickeln nach der Lektüre von Kautsky«, rief der Professor schrill, und seine Gesichtsfarbe spielte ins Gelbliche. Ingrimmig drückte er den Klingelknopf an der Wand. »Der heutige Vorfall zeigt das bestens. Sina!«

»Sina!« schrie Bormental.

»Sina!« brüllte der verschreckte Bellow.

Sina kam blaß hereingelaufen.

»Sina, in der Diele ... Es ist doch in der Diele?«

»Ja«, antwortete Bellow gehorsam, »grün wie Vitriol.«

»Ein grünes Buch ...«

»Nicht verbrennen«, rief Bellow verzweifelt, »es gehört mir nicht, aus der Bibliothek ist es!«

»Briefwechsel nennt es sich, zwischen ... Engels und diesem Satan ... In den Ofen damit!«

Sina flog hinaus.

»Mein Ehrenwort, ich möchte diesen Schwonder am ersten Ast aufhängen«, rief der Professor und biß wütend in seinen Truthahnflügel, »da hat man nun dieses Pack im Hause wie eine Eiterbeule. Nicht genug, daß er sinnlose Schmähartikel für die Zeitung schreibt ...«

Bellow sah den Professor böse und ironisch an. Dieser warf ihm seinerseits einen Seitenblick zu und verstummte.

Oh, es scheint, wir haben in der Wohnung nichts Gutes mehr zu erwarten, dachte Bormental seherisch.

Sina brachte die Kaffeekanne und einen Napfkuchen, auf der einen Seite gelblich und auf der anderen braun.

»So was eß ich nicht«, erklärte Bellow drohend und feindselig.

»Niemand hat Sie eingeladen. Benehmen Sie sich anständig. Doktor, greifen Sie zu.«

In Schweigen ging das Mittagessen zu Ende.

Bellow holte eine zerdrückte Papirossa aus der

Tasche und qualmte los. Der Professor, nachdem er Kaffee getrunken, zog die Uhr, drückte den Repetierknopf, und sie schlug mit zarten Tönen Viertel nach acht. Nach seiner Gewohnheit lehnte er sich zurück und griff nach der Zeitung auf dem Tischchen.

»Doktor, bitte fahren Sie mit ihm in den Zirkus. Aber sehen Sie um Gottes willen nach, ob die Katzen im Programm haben.«

»Wie kann man solche Viecher in den Zirkus lassen«, bemerkte Bellow mürrisch und schüttelte den Kopf.

»Nun, sie lassen alle möglichen rein«, entgegnete der Professor vieldeutig. »Was gibt es heute?«

»Bei Solomonski«, las Bormental vor, »irgendwelche vier ... Jussems und ein Akrobat.«

»Was für Jussems?« fragte der Professor argwöhnisch.

»Keine Ahnung. Diesen Ausdruck lese ich zum erstenmal.«

»So, dann schauen Sie lieber bei den Nikitins nach. Wir müssen das genau wissen.«

»Bei den Nikitins ... Nikitins ... hm ... Elefanten und der Gipfel menschlicher Geschicklichkeit.«

»Soso. Was halten Sie denn von Elefanten, lieber Bellow?« fragte der Professor zweifelnd.

Der war beleidigt.

»Was denn, ich verstehe nicht. Katzen, das ist doch ganz was anderes. Elefanten sind nützliche Tiere«, antwortete Bellow.

»Na großartig. Wenn sie nützlich sind, fahren Sie hin und schauen Sie sie an. Und hören Sie auf das, was Iwan Arnoldowitsch sagt. Und keine Gespräche dort in der Kantine! Iwan Arnoldowitsch, ich bitte Sie sehr, Bellow kein Bier zu verabfolgen.«

Zehn Minuten später fuhren Bormental und Bellow, der eine Schiebermütze und einen Mantel aus Wollstoff mit hochgeklapptem Kragen trug, in den Zirkus. Die Wohnung wurde still. Der Professor war in seinem Arbeitszimmer. Er knipste die Lampe mit dem schweren grünen Schirm an, was den großen Raum sehr behaglich machte, und begann auf und ab zu gehen. Das Ende seiner Zigarre schimmerte in blaßgrüner Glut. Der Professor hatte die Hände in den Hosentaschen, und schweres Grübeln furchte seine Gelehrtenstirn mit den Geheimratsecken. Ab und zu schmatzte er, trällerte »Zu des Niles heilgen Ufern ...« und murmelte etwas. Endlich legte er die Zigarre in den Aschenbecher, trat zu dem Schrank, der rundherum aus Glas bestand, und beleuchtete den Raum mit drei superstarken Lampen von der Decke. Dem dritten Gefach des Schranks entnahm er ein schmales Glasgefäß und betrachtete es stirnrunzelnd in dem hellen Licht. In der zähen, durchsichtigen Flüssigkeit schwamm, ohne niederzusinken, ein weißliches Klümpchen – aus der Tiefe von Bellos Gehirn. Achselzuckend, den Mund verziehend und vor sich hin brummend, verschlang es der Professor mit den Augen, als hoffte er in dem schwebenden Klümpchen die Ursache für die wundersamen Ereignisse zu entdecken, die in der Wohnung das Unterste zuoberst gekehrt hatten.

Durchaus möglich, daß der hochgelehrte Mann sie auch wirklich entdeckte. Nachdem er die Hirnanhangdrüse lang genug betrachtet hatte, stellte er das Glas wieder in den Schrank, verschloß ihn, steckte den Schlüssel in die Westentasche und warf sich, den Kopf zwischen die Schultern gezogen und die Hände tief in den Jackentaschen, in das Leder des Sofas. Umständlich zündete er sich eine zweite Zigarre an, kaute auf ihr herum und rief endlich in der grün beleuchteten Einsamkeit, ein grauhaariger Faust:

»Wahrhaftig, ich muß es wohl tun.«

Niemand antwortete ihm. Die Wohnung war vollkommen still. In der Obuchow-Gasse hört bekanntlich gegen 23 Uhr jeder Verkehr auf. Ganz selten tönten in der Ferne die Schritte eines verspäteten Fußgängers, klapperten irgendwo jenseits der Gardinen und verstummten. Unter den Fingern des Professors klingelte zart die Repetieruhr in der Tasche. Der Professor wartete ungeduldig auf Doktor Bormentals und Bellows Rückkehr.

8

Es blieb unbekannt, was für einen Entschluß der Professor gefaßt hatte. In den folgenden sechs Tagen unternahm er nichts Besonderes, und vielleicht gerade infolge seiner Untätigkeit füllte sich die Wohnung mit Ereignissen.

Eine Woche nach der Geschichte mit dem Wasser und dem Kater erschien bei Bellow der junge Mann vom Hauskomitee, der eine Frau war, und händigte ihm Dokumente aus, die Bellow sofort in die Tasche steckte. Gleich darauf rief er:

»Bormental!«

»Nein, ich muß doch bitten, mich beim Vor- und Vatersnamen zu nennen!« erwiderte Bormental ärgerlich.

Es sei erwähnt, daß der Chirurg es in diesen sechs Tagen fertiggebracht hatte, sich achtmal mit seinem Zögling zu entzweien. In der Wohnung herrschte dicke Luft.

»Dann nennen Sie mich aber auch beim Vor- und Vatersnamen!« antwortete Bellow ganz vernünftig.

»Nein!« dröhnte der Professor in der Tür. »Ich dulde nicht, daß dieser Vor- und Vatersname in meiner Wohnung ausgesprochen wird. Wenn Sie wünschen, daß wir Sie nicht mehr familiär ›Bellow‹ nennen, werden Doktor Bormental und ich Sie mit ›Herr Bellow‹ anreden.«

»Ich bin kein Herr, die Herren sind alle in Paris!« kläffte Bellow.

»Das ist Schwonders Werk!« schrie der Professor. »Nun gut, mit diesem Halunken rechne ich noch ab. Aber solange ich mich in meiner Wohnung befinde, wird es darin nur Herren geben! Andernfalls muß einer von uns beiden raus, höchstwahrscheinlich Sie. Heute noch gebe ich eine Annonce auf, und Sie können mir glauben, ich finde ein Zimmer für Sie.«

»Als ob ich so blöd wär, hier auszuziehen«, antwortete Bellow sehr deutlich.

»Wie?« fragte der Professor und wurde so blaß, daß Bormental zu ihm eilte und ihn sanft und besorgt am Ärmel faßte.

»Ich sage Ihnen, lassen Sie die Frechheiten, Monsieur Bellow!«

Bormental sprach sehr laut. Bellow wich zurück, holte drei Papiere aus der Tasche, ein gelbes, ein grünes und ein weißes, tippte mit dem Finger darauf und sagte:

»Da. Ich bin Mitglied der Wohngenossenschaft, und mir steht in der Wohnung fünf bei dem Hauptmieter Preobrashenski eine Wohnfläche von sechzehn Quadratarschin zu.« Bellow überlegte und fügte einen Satz hinzu, den Bormental sich mechanisch merkte, weil er neu war: »Also seien Sie so freundlich.«

Der Professor biß sich auf die Lippe und stieß unvorsichtig hervor: »Diesen Schwonder erschieße ich noch, das schwöre ich.«

Bellow nahm diese Worte äußerst aufmerksam zur Kenntnis, das war seinen Augen anzusehen.

»Filipp Filippowitsch, vorsichtig*«, sagte Bormental warnend.

»Na wissen Sie ... Eine Gemeinheit!« schrie der Professor. »Ich sage Ihnen, Bellow ... Herr Bellow, wenn Sie sich noch ein einziges Mal eine derartige Frechheit erlauben, entziehe ich Ihnen das Mittagessen und überhaupt jegliche Verpflegung in meinem Hause. Sechzehn Quadratarschin, wunderbar, aber dieser Wisch verpflichtet mich ja nicht, Sie auch noch zu beköstigen!«

Bellow riß erschrocken den Mund auf.

»Ich kann nicht ohne Verpflegung sein«, murmelte er, »wo soll ich denn mein Futter hernehmen?«

»Dann benehmen Sie sich anständig!« sagten die beiden Äskulaps wie aus einem Munde.

Bellow wurde bedeutend ruhiger und fügte an diesem Tag niemandem mehr Schaden zu außer sich selbst: Eine kurze Abwesenheit Bormentals nutzend, bemächtigte er sich dessen Rasiermessers und schlitzte sich die Wange auf, so daß der Professor und Doktor Bormental die Wunde nähen mußten; dabei heulte Bellow kläglich und schwamm in Tränen.

In der folgenden Nacht saßen im grünen Schum-

* Im Original deutsch

merlicht des Arbeitszimmers der Professor und sein treu ergebener Bormental beisammen. Im Hause schlief schon alles. Der Professor trug seinen himmelblauen Hausmantel und die roten Pantoffeln, Bormental saß im Hemd und mit blauen Hosenträgern. Zwischen den beiden Ärzten stand ein runder Tisch, darauf ein dickes Album, eine Flasche Kognak, ein Teller mit Zitronenscheiben und eine Zigarrenkiste. Die beiden Gelehrten qualmten das Zimmer voll und erörterten hitzig das letzte Ereignis: An diesem Abend hatte sich Bellow im Arbeitszimmer des Professors zwei Zehnrubelscheine angeeignet, die unter der Löschwiege lagen, war aus der Wohnung verschwunden und spätnachts volltrunken zurückgekehrt. Damit nicht genug. Mit ihm erschienen zwei Unbekannte, die im Treppenhaus lärmend den Wunsch äußerten, als Gäste bei Bellow zu übernachten. Die genannten Personen entfernten sich erst, als der Portier Fjodor, der dieser Szene in Unterwäsche und Mantel beiwohnte, das fünfundvierzigste Milizrevier anrief. Kaum hatte Fjodor den Hörer eingehängt, verschwanden sie. Mit ihnen verschwanden aus der Diele der Malachitaschbecher von der Spiegelkonsole, die Nutriamütze des Professors und sein Spazierstock, den eine Inschrift aus verschlungenen Goldbuchstaben zierte: »Unserm lieben und verehrten Filipp Preobrashenski von seinen dankbaren Stationsärzten zu seinem XXV. Dienstjubiläum.«

»Wer waren die?« fragte der Professor und drang mit geballten Fäusten auf Bellow ein.

Bellow stand wankend an die Pelze gelehnt und lallte, er kenne diese Personen nicht und sie seien nicht irgendwelche Hundesöhne, sondern gute Menschen.

»Das Erstaunlichste, sie waren ja beide betrunken ... Wie haben sie das nur fertiggebracht?« sagte der Professor verblüfft und blickte auf die Stelle, wo eben noch das Andenken an sein Jubiläum gestanden hatte.

»Könner«, erklärte Fjodor und ging mit einem Rubel in der Tasche schlafen.

Bellow bestritt energisch, die beiden Geldscheine genommen zu haben, und sagte etwas in der Richtung, er sei ja nicht allein in der Wohnung gewesen.

»Aha, dann hat vielleicht Doktor Bormental die zwanzig Rubel geklaut?« fragte der Professor mit leiser, doch furchterregender Stimme.

Bellow taumelte, riß die glasigen Augen auf und äußerte die Vermutung: »Vielleicht Sina ...«

»Was?« schrie Sina, die wie ein Gespenst in der Tür erschien und die offene Bluse über der Brust mit der Hand zusammenhielt, »wie kann er ...«

Der Hals des Professors färbte sich rot.

»Ruhig, Sina«, sagte er und streichelte ihr den Arm. »Reg dich nicht auf, wir kriegen das schon hin.«

Sina schluchzte heftig mit offenem Mund, und ihre Hand hüpfte vor dem Schlüsselbein.

»Sina, schämen Sie sich! Wer kommt denn auf so was? Puh, wie peinlich!« sagte Bormental verwirrt.

»Aber Sina, du bist wirklich ein Dummchen, verzeih mir's Gott«, sagte der Professor.

Aber da hörte Sinas Weinen von selbst auf, und alle verstummten. Bellow wurde schlecht. Er prallte mit dem Kopf gegen die Wand und stieß einen Laut zwischen »u« und »e« aus, es klang wie »äää«. Sein Gesicht war bleich, seine Kiefer mahlten krampfhaft.

»Einen Eimer für den Halunken, aus dem Untersuchungszimmer!«

Alle liefen herum, um den erkrankten Bellow zu versorgen. Als Bormental ihn zu Bett brachte, ließ er sehr zart und melodisch gemeine Schimpfwörter hören, die er nur mühsam hervorbrachte.

Die ganze Geschichte passierte gegen eins, und jetzt war es drei Uhr nachts. Aber die beiden Männer im Arbeitszimmer waren munter, aufgedreht von Kognak und Zitrone. Sie hatten so viel geraucht, daß der Qualm in dicken trägen Schwaden hing, die nicht einmal wogten.

Doktor Bormental, blaß, aber mit entschlossener Miene, hob das Glas mit der Wespentaille.

»Filipp Filippowitsch«, rief er gefühlvoll, »ich werde nie vergessen, wie ich als halbverhungerter Student zu Ihnen kam und Sie mich bei Ihrem Lehrstuhl aufnahmen. Glauben Sie mir, Filipp Filippowitsch, Sie sind für mich bedeutend mehr als mein Professor, mein Lehrer ... Meine unendliche Hochachtung vor Ihnen ... Erlauben Sie mir, Ihnen einen Kuß zu geben, mein lieber Filipp Filippowitsch.«

»Ja, mein Bester«, brummte der Professor verwirrt und stand auf. Bormental umarmte ihn und küßte ihn auf den stark verräucherten buschigen Schnurrbart.

»Wahrhaftig, Filipp Fili...«

»Ich bin so gerührt, so gerührt ... Danke Ihnen«, sagte der Professor. »Mein Bester, beim Operieren schreie ich Sie manchmal an. Entschuldigen Sie meinen greisenhaften Jähzorn. Ich bin ja eigentlich so einsam ... Von Sevilla bis Granada ...«

»Filipp Filippowitsch, wie können Sie so reden!« rief Bormental aufrichtig und überschwenglich.

»Wenn Sie mich nicht beleidigen wollen, sagen Sie so etwas nie wieder …«

»Nun, ich danke Ihnen … Zu des Niles heilgen Ufern … Danke … Auch ich habe Sie als befähigten Arzt ins Herz geschlossen.«

»Filipp Filippowitsch, ich will Ihnen sagen!« rief Bormental leidenschaftlich, sprang auf, schloß die Tür zum Korridor, kehrte zurück und fuhr flüsternd fort: »Es ist ja der einzige Ausweg. Ich maße mir natürlich nicht an, Ihnen Ratschläge zu geben, aber Sie sind schon ganz zermürbt, so kann man doch nicht mehr arbeiten!«

»Es ist absolut unmöglich«, bestätigte der Professor seufzend.

»Na bitte, unvorstellbar ist es«, raunte Bormental. »Neulich haben Sie gesagt, Sie hätten Angst um mich; wenn Sie nur wüßten, wie gerührt ich war, lieber Professor. Aber ich bin kein kleiner Junge und weiß sehr wohl, wie entsetzlich die Folgen sein können. Es ist jedoch meine feste Überzeugung, daß es keinen anderen Ausweg gibt.«

Der Professor stand auf, fuchtelte mit den Händen und rief:

»Führen Sie mich nicht in Versuchung und reden Sie nie wieder davon.« Er ging im Zimmer auf und ab und brachte die Rauchschwaden zum Wallen. »Ich will das nicht hören. Begreifen Sie, was geschieht, wenn wir erwischt werden? Sie und ich, wir kommen dann nicht mit einem ›in Erwägung seiner sozialen Herkunft‹ davon, obwohl wir nicht vorbestraft sind. Ihre Herkunft ist ja wohl nicht sehr geeignet, mein Lieber?«

»Woher zum Teufel! Mein Vater war Untersuchungsrichter in Wilna«, antwortete Bormental betrübt und leerte sein Kognakglas.

»Na bitte, da haben Sie's. Eine scheußliche Abstammung. Gräßlicher geht es gar nicht. Im übrigen, Verzeihung, meine ist noch schlimmer. Mein Vater war Oberpriester mit Lehrstuhl. Merci. Von Sevilla bis Granada, in der stillen dunklen Nacht ... So ist das, verdammt nochmal.«

»Filipp Filippowitsch, Sie sind eine Kapazität von Weltrang, und da soll wegen solch einem Hundesohn, entschuldigen Sie den Ausdruck ... Die können Sie doch gar nicht anrühren, ich bitte Sie!«

»Um so weniger kann ich mich darauf einlassen«, erwiderte der Professor versonnen, blieb stehen und blickte zum Glasschrank.

»Warum denn nicht?«

»Weil Sie keine Kapazität von Weltrang sind.«

»Woher auch ...«

»Na bitte. Einen Kollegen bei einer Katastrophe im Stich lassen und selber mit Hilfe des Weltrangs durchschlüpfen, entschuldigen Sie schon ... Ich habe in Moskau studiert, nicht Bellow.«

Der Professor hob hochmütig die Schultern und sah nun aus wie ein französischer König vergangener Zeiten.

»Filipp Filippowitsch, ach ...«, rief Bormental betrübt, »was soll denn werden? Wollen Sie warten, bis aus diesem Rowdy ein Mensch wird?«

Der Professor unterbrach ihn mit einer Handbewegung, goß sich Kognak ein, nippte, lutschte eine Zitronenscheibe aus und sagte: »Iwan Arnoldowitsch, wie ist Ihre Meinung, verstehe ich etwas von der Anatomie und Physiologie, sagen wir, des menschlichen Gehirnapparats? Was meinen Sie?«

»Filipp Filippowitsch, das fragen Sie noch?« antwortete Bormental mit viel Gefühl und breitete die Arme aus.

»Nun gut. Keine falsche Bescheidenheit. Ich denke auch, daß ich auf diesem Gebiet nicht der letzte Mann in Moskau bin.«

»Und ich denke, Sie sind der erste, und nicht nur in Moskau, sondern auch in London und in Oxford!« rief Bormental feurig.

»Na schön, von mir aus. Also, künftiger Professor Bormental: Das wird nie einem gelingen. Schluß. Sie brauchen gar nicht zu fragen. Berufen Sie sich auf mich und sagen Sie, Preobrashenski habe das gesagt. Finita. Klim!« rief er plötzlich triumphierend, und der Schrank antwortete ihm mit einem Klirren. »Klim«, wiederholte er. »Hören Sie, Bormental, Sie sind der erste Schüler meiner Schule und überdies mein Freund, wie ich mich heute überzeugen konnte. Also, ich teile Ihnen als meinem Freund im Vertrauen mit, und ich weiß natürlich, daß Sie mich nicht in Schande bringen werden – der alte Esel Preobrashenski ist mit dieser Operation auf die Nase gefallen wie ein Student im dritten Studienjahr. Eine Entdeckung ist freilich dabei herausgekommen, Sie wissen selber, welche.« Der Professor zeigte traurig mit beiden Händen zur Gardine, wohl um auf Moskau anzuspielen. »Aber bedenken Sie, Iwan Arnoldowitsch, das einzige Ergebnis dieser Entdeckung – uns allen steht jetzt dieser Bellow bis hier.« Der Professor schlug sich auf den gedrungenen schlagflüssigen Hals. »Verlassen Sie sich darauf! Wenn irgend jemand«, fuhr er genüßlich fort, »mich jetzt hier hinlegte und durchprügelte, ich würde ihm fünfzig Rubel zahlen, das schwöre ich! Von Sevilla bis Granada … Der Teufel soll mich holen … Da habe ich nun fünf Jahre lang gesessen und Anhangdrüsen aus Gehirnen gepolkt … Sie wissen, was für eine Arbeit das war, unfaßlich. Und jetzt muß ich mich fragen – wozu? Um eines schönen Tages einen netten Hund in einen solchen Lumpenkerl zu verwandeln, daß sich einem die Haare sträuben.«

»Es ist einzigartig!«

»Völlig einverstanden. Das also kommt dabei heraus, Doktor, wenn ein Wissenschaftler, anstatt parallel zur Natur und in engem Kontakt mir ihr vorzugehen, ein Problem überstürzt und dann den Vorhang hebt: Da habt ihr Bellow, nun seht zu, was ihr mit ihm macht.«

»Filipp Filippowitsch, und wenn Sie das Gehirn von Spinoza genommen hätten?«

»Ja!« blaffte der Professor. »Ja! Wenn der unglückliche Hund dabei nicht unterm Messer bleibt, und Sie haben ja gesehen, was für eine Operation das ist. Kurz und gut, ich, Filipp Preobrashenski, habe in meinem Leben noch nie etwas Komplizierteres gemacht. Man könnte dem Hund die Hypophyse von Spinoza oder sonst einem Waldschrat einpflanzen und ein hochstehendes Wesen aus ihm machen. Aber wozu, zum Teufel? Das ist die Frage. Erklären Sie mir bitte, wozu soll man künstlich Spinozas fabrizieren, wenn jedes Weib sie jederzeit gebären kann? Schließlich hat ja auch Madame Lomonossowa in Cholmogory ihren berühmten Sohn geboren! Doktor, die Menschheit sorgt schon selbst dafür und bringt im Wege der Evolution Jahr für Jahr Dutzende von hervorragenden Genies hervor, die den Erdball schmücken, und hebt sie aus der Masse des Gesindels heraus. Verstehen Sie jetzt, Doktor, warum ich Ihre Schlußfolgerung in der Krankengeschichte von Bellow zurückgewiesen habe? Meine gottverdammte Entdeckung, mit der Sie noch umgehen, ist keinen roten Heller wert.

Nein, widersprechen Sie nicht, Iwan Arnoldowitsch, ich habe es begriffen. Und ich rede nie in den Wind, das wissen Sie genau. Theoretisch ist es interessant. Na schön! Die Physiologen werden begeistert sein. Moskau rast ... Na, und praktisch? Wen haben wir vor uns?« Der Professor zeigte zum Untersuchungszimmer, in dem Bellow schlief.

»Einen einmaligen Halunken.«

»Aber wer ist er? Klim, Klim«, schrie der Professor. »Klim Tschugunow« (Bormental riß den Mund auf)«, das ist er: zwei Vorstrafen, Alkoholiker, ›alles aufteilen‹, Nutriamütze und zwei Zehnrubelscheine verschwunden« (der Professor mußte an den Jubiläumsstock denken und lief rot an), »ein Schwein und ein Lump. Nun, den Stock finde ich wieder. Kurz und gut, die Hypophyse ist eine geschlossene Kammer, die das konkrete menschliche Aussehen bestimmt. Das konkrete! Von Sevilla bis Granada ...« Der Professor rollte wild mit den Augen. »Nicht das allgemein menschliche. Sie ist das Gehirn en miniature. Und ich kann es überhaupt nicht gebrauchen, der Teufel soll es holen. Ich wollte etwas ganz anderes, die Eugenik, die Verbesserung der menschlichen Art. Und da bin ich auf die Verjüngung gestoßen. Meinen Sie etwa, ich mach das wegen des Geldes? Ich bin doch schließlich Wissenschaftler.«

»Ein großer Wissenschaftler, jawohl!« sprach Bormental und schluckte Kognak. Seine Augen waren blutunterlaufen.

»Ich wollte einen kleinen Versuch machen, nachdem ich vor zwei Jahren zum erstenmal aus einer Hypophyse einen Extrakt des Sexualhormons gewonnen hatte. Und was ist statt dessen herausgekommen? Mein Gott! Von diesen Hormonen in der

Hypophyse, Herrgott ... Doktor, vor mir ist dumpfe Hoffnungslosigkeit, ich schwör's Ihnen, ich bin in die Irre gegangen.«

Bormental krempelte sich die Ärmel auf und sagte einwärts schielend:

»Also, mein teurer Lehrer, wenn Sie es nicht möchten, werde ich ihm auf eigenes Risiko Arsen verpassen. Zum Teufel damit, daß mein Vater Untersuchungsrichter war. Schließlich ist Bellow ein Wesen, das bei Ihrem Experiment entstanden ist.«

Der Professor erlosch, erschlaffte, lehnte sich im Sessel zurück und sagte:

»Nein, mein lieber Junge, das erlaube ich Ihnen nicht. Ich bin sechzig Jahre alt und darf Ihnen schon einen Rat geben. Lassen Sie sich nie auf ein Verbrechen ein, gegen wen auch immer. Gehen Sie mit sauberen Händen in Ihr Alter.«

»Ich bitte Sie, Filipp Filippowitsch, wenn ihn dieser Schwonder weiter bearbeitet, was kann dann nicht noch aus ihm werden? Mein Gott, erst jetzt geht mir auf, was noch von diesem Bellow zu erwarten ist!«

»Aha! Jetzt erst! Ich wußte es schon zehn Tage nach der Operation. Wissen Sie, dieser Schwonder ist ein gewaltiger Dummkopf. Er begreift nicht, daß Bellow für ihn eine viel größere Gefahr ist als für mich. Jetzt versucht er ihn mit allen Mitteln gegen mich aufzuhetzen, weil er nicht so weit denkt, daß von ihm selber nur ein nasser Fleck übrigbleibt, wenn irgendwer Bellow gegen ihn aufhetzt.«

»Na klar! Allein die Katzen, die er erledigt hat! Ein Mensch mit einem Hundeherz.«

»Eben nicht«, entgegnete der Professor gedehnt, »Sie machen einen Riesenfehler, Doktor. Um Himmels willen, verleumden Sie nicht den Hund. Das mit den Katzen geht vorüber. Es ist eine Frage der Disziplin und von zwei, drei Wochen. Glauben Sie mir. Ein Monat noch, und er wird sich nicht mehr auf sie stürzen.«

»Und warum macht er's jetzt?«

»Iwan Arnoldowitsch, das ist sonnenklar, warum fragen Sie denn? Die Hypophyse hängt doch nicht in der Luft. Sie ist in das Hundegehirn eingepflanzt, lassen Sie ihr doch Zeit, sich einzuleben. Bellow zeigt jetzt nur noch Reste von seinem Hundesein, verstehen Sie, und das mit den Katzen ist noch das Beste von allem, was er macht. Überlegen Sie, das Entsetzliche ist ja grade, daß er kein Hundeherz hat, sondern ein menschliches Herz. Noch dazu das schäbigste von allen, die es in der Natur gibt!«

Bormental, im höchsten Grade aufgedreht, ballte die starken knochigen Fäuste, reckte die Schultern und sagte fest: »Gewiß. Ich bringe ihn um!«

»Ich verbiete es Ihnen!« antwortete der Professor strikt.

»Aber ich bitte Sie ...«

Da hob der Professor den Finger und horchte.

»Moment mal ... ich habe Schritte gehört.«

Beide lauschten, aber im Korridor war es still.

»Einbildung«, sagte der Professor und sprach hitzig deutsch. In seinen Worten kam ein paarmal das russische Wort für »Verbrecher« vor.

»Einen Moment«, sagte Bormental plötzlich aufhorchend und ging zur Tür. Er hatte deutlich Schritte gehört, die sich dem Arbeitszimmer näherten. Überdies brummelte eine Stimme. Bormental riß die Tür auf und prallte verblüfft zurück. Der Professor saß völlig perplex in seinem Sessel.

In dem beleuchteten Rechteck der Korridortür

stand im Nachthemd Darja Petrowna. Ihr Gesicht glühte kriegerisch. Der Arzt und der Professor waren völlig geblendet von dem Reichtum ihres mächtigen und, wie beide vor Angst zu sehen glaubten, splitternackten Körpers. In ihren starken Armen schleifte Darja Petrowna etwas, und dieses Etwas sträubte sich, setzte sich aufs Hinterteil, und die mit schwarzem Flaum bedeckten kurzen Beine strampelten auf dem Parkett. Das Etwas war natürlich Bellow, völlig verstört, noch immer betrunken, zerrauft und nur im Unterhemd.

Darja Petrowna, nackt und grandios, schüttelte Bellow wie einen Sack Kartoffeln und sprach dazu die Worte:

»Sehen Sie sich das an, Herr Professor, unser Telegraf Telegrafowitsch hat uns einen Besuch gemacht. Ich war ja schon mal verheiratet, aber Sina ist ein unschuldiges Mädchen. Zum Glück bin ich aufgewacht.«

Nachdem sie diese Rede beendet hatte, verfiel sie in einen Zustand der Scham, schrie auf, hielt die Hände vor die Brust und lief davon.

»Darja Petrowna, entschuldigen Sie um Gottes willen«, rief ihr der Professor, sich besinnend, hinterher.

Bormental krempelte die Hemdsärmel noch höher und ging auf Bellow zu. Der Professor sah ihm in die Augen und erschrak.

»Was machen Sie, Doktor! Ich verbiete ...«

Bormental packte mit der rechten Hand Bellow am Kragen und schüttelte ihn dermaßen, daß das Leinenhemd vorn aufriß.

Der Professor warf sich in das Getümmel, um den schwächlichen Bellow den nervigen Chirurgenfäusten zu entreißen.

»Sie dürfen mich nicht schlagen!« schrie Bellow halb erstickt, setzte sich auf den Fußboden und wurde nüchtern.

»Doktor!« schrie der Professor.

Bormental kam ein wenig zu sich und ließ Bellow los, der sogleich zu quengeln begann.

»Na schön«, zischte Bormental, »warten wir bis zum Morgen. Wenn er nüchtern ist, veranstalte ich ihm ein Benefiz.«

Er packte Bellow unter den Achseln und schleifte ihn ins Sprechzimmer zum Schlafen.

Bellow wollte um sich treten, aber die Beine gehorchten ihm nicht.

Der Professor stand breitbeinig da, so daß sein himmelblauer Hausmantel klaffte, hob Arme und Augen zur Deckenlampe im Korridor und sprach:

»So was ...«

9

Das Benefiz, das Doktor Bormental Bellow in Aussicht gestellt hatte, blieb am nächsten Morgen aus, weil Bellow aus dem Haus verschwunden war. Bormental geriet in wütende Verzweiflung, schalt sich einen Esel, weil er den Schlüssel der Wohnungstür nicht eingesteckt hatte, schrie, das sei unverzeihlich, und schloß mit dem Wunsch, Bellow möge unter einen Autobus geraten. Der Professor saß im Arbeitszimmer, die Finger in den Haaren vergraben, und sagte:

»Ich kann mir vorstellen, was auf der Straße los sein wird ... Ich kann es mir vorstellen. Von Sevilla bis Granada ... Mein Gott.«

»Er kann noch im Hauskomitee sein«, tobte Bormental und lief hinaus.

Im Hauskomitee beschimpfte er den Vorsitzenden Schwonder dermaßen, daß der sich hinsetzte und eine Anzeige an das Volksgericht des Stadtbezirks Chamowniki schrieb. Dabei schrieb er, er sei nicht der Aufpasser von Professor Preobrashenskis Pflegling, zumal sich dieser Pflegling Bellow erst gestern als Spitzbube erwiesen hatte, indem er sich vom Hauskomitee, vorgeblich zum Ankauf von Lehrbüchern, sieben Rubel hatte geben lassen.

Fjodor, der damit drei Rubel verdiente, durchsuchte das ganze Haus vom Dach bis zum Keller. Nirgends waren Spuren von Bellow zu finden.

Nur eines stellte sich heraus: Bellow hatte sich in aller Frühe entfernt, bekleidet mit Schiebermütze, Schal und Mantel sowie unter Mitnahme einer Flasche Ebereschenschnaps aus dem Büfett, der Handschuhe Doktor Bormentals und aller seiner Papiere. Darja Petrowna und Sina zeigten unverhohlen stürmische Freude und äußerten die Hoffnung, Bellow werde nicht zurückkehren. Von Darja Petrowna hatte sich Bellow tags zuvor drei Rubel fünfzig Kopeken gepumpt.

»Geschieht Ihnen recht!« knurrte der Professor und schüttelte die Fäuste. Den ganzen Tag über klingelte das Telephon, auch am nächsten Tag. Die Ärzte empfingen eine ungewöhnliche Zahl von Patienten. Am dritten Tag erhob sich im Arbeitszimmer dringlich die Frage, ob man nicht die Miliz verständigen müsse, damit sie Bellow in dem Meer Moskau suche.

Kaum war das Wort »Miliz« gefallen, da wurde die wohlige Stille der Obuchow-Gasse vom Kläffen eines Lastwagens zerschnitten, das die Fenster klirren ließ. Sodann ertönte ein selbstsicheres Klingeln. Bellow trat ungewohnt würdevoll ein, nahm in völligem Schweigen die Mütze ab, hängte den Mantel ans Geweih und bot einen ganz neuen Anblick. Er trug eine gebrauchte Lederjacke, eine abgewetzte Lederhose und hohe englische Stiefel, bis an die Knie geschnürt. In der Diele verbreitete sich ein unwahrscheinlicher Katzengeruch. Preobrashenski und Bormental kreuzten wie auf Befehl die Arme vor der Brust, nahmen Aufstellung bei der Tür und warteten auf Bellows erste Mitteilungen. Er strich sich über die storren Haare, räusperte sich und sah sich um, und man merkte, daß er seine Verlegenheit durch Hemdsärmeligkeit tarnen wollte.

»Filipp Filippowitsch«, begann er schließlich, »ich habe eine Stellung angenommen.«

Die beiden Ärzte stießen einen unbestimmten Kehllaut aus und rührten sich. Der Professor faßte sich als erster, er streckte die Hand aus:

»Geben Sie mir das Papier.«

Dort stand: »Der Vorzeiger dieses, Genosse Polygraf Polygrafowitsch Bellow, ist Leiter der Unterabteilung zur Säuberung der Stadt Moskau von streunenden Tieren (Katzen usw.) bei der Stadtreinigung der Moskauer Kommunalwirtschaft.«

»So«, sagte der Professor schwer, »und wer hat Ihnen den Posten besorgt? Aber ich kann es mir schon denken.«

»Natürlich, Schwonder«, antwortete Bellow.

»Erlauben Sie mir dic Frage: Warum riechen Sie so scheußlich?«

Bellow schnupperte erschrocken an seiner Jacke.

»Na ja, das riecht … klar, von meinem Beruf. Ich habe gestern haufenweise Katzen umgebracht …«

Der Professor fuhr zusammen und sah Bormental an. Dessen Augen erinnerten an zwei Pistolenmündungen, die auf Bellow gerichtet waren. Ohne jede Vorrede trat er zu Bellow und umklammerte leicht und sicher dessen Hals.

»Hilfe!« piepste Bellow und erbleichte.

»Doktor!«

»Ich tu nichts Böses, Filipp Filippowitsch, keine Bange«, entgegnete Bormental mit eherner Stimme und schrie: »Sina, Darja Petrowna!«

Sie erschienen in der Diele.

»Los, sprechen Sie mir nach«, sagte Bormental und preßte Bellows Hals ein wenig gegen den Pelz, an dem dieser lehnte, »bitte verzeihen Sie mir ...«

»Na schön, ich spreche nach«, antwortete der gänzlich entgeisterte Bellow heiser, holte tief Luft, gab sich einen Ruck und wollte »Hilfe« schreien, aber der Schrei drang nicht heraus, und sein Kopf sank gänzlich in den Pelz.

»Doktor, ich flehe Sie an.«

Bellow nickte zum Zeichen, daß er sich fügen und nachsprechen wolle.

»Bitte verzeihen Sie mir, verehrte Darja Petrowna und Sinaida ... ?«

»Prokofjewna«, wisperte Sina erschrocken.

»Uff, Prokofjewna«, sagte Bellow schweratmend und heiser, »daß ich mir erlaubt habe ...«

»Mich nachts in betrunkenem Zustand gemein zu benehmen.«

»... gemein zu benehmen ...«

»Ich will's nie wieder tun ...«

»Ich will's ...«

»Lassen Sie ihn los, Iwan Arnoldowitsch«, baten die beiden Frauen gleichzeitig, »Sie erwürgen ihn noch.«

Bormental ließ Bellow frei und sagte:

»Wartet der Lastwagen auf Sie?«

»Nein«, antwortete Bellow höflich, »er hat mich bloß hergebracht.«

»Sina, schicken Sie den Wagen weg. Jetzt möchte ich folgendes wissen: Sind Sie in die Wohnung des Professors zurückgekehrt?«

»Wo soll ich denn sonst hin?« antwortete Bellow zaghaft, und seine Augen irrlichterten.

»Ausgezeichnet. Sie verhalten sich mucksmäuschenstill. Andernfalls kriegen Sie es bei jeder Ungehörigkeit mit mir zu tun. Verstanden?«

»Verstanden«, antwortete Bellow.

Der Professor hatte während der ganzen Gewaltanwendung gegen Bellow Schweigen bewahrt. Irgendwie kläglich und fröstelnd hatte er an der Tür gestanden, an seinen Fingernägeln geknabbert und aufs Parkett gestarrt. Dann auf einmal hob er den Blick zu Bellow und fragte ihn dumpf und mechanisch:

»Was machen Sie mit diesen ... mit den umgebrachten Katzen?«

»Für Mäntel«, antwortete Bellow, »daraus werden Fehkragen auf Arbeiterkredit.«

Nach diesem Vorfall trat in der Wohnung Stille ein, die zwei Tage und Nächte anhielt. Bellow fuhr morgens mit dem Lastwagen weg, kam abends wieder und speiste friedlich in Gesellschaft des Professors und Bormentals.

Obschon Bormental und Bellow gemeinsam im Sprechzimmer schliefen, sprachen sie nicht miteinander, und das wurde zuerst Bormental langweilig.

Nach den zwei Tagen erschien in der Wohnung ein mageres Fräulein mit angemalten Augen und cremefarbenen Strümpfen und wurde sehr verlegen angesichts der prächtigen Wohnung. In einem abgewetzten Mäntelchen ging sie hinter Bellow her und stieß in der Diele auf den Professor.

»Darf ich erfahren?«

»Ich will mich mit ihr registrieren lassen, das ist unsere Stenotypistin, sie wird mit mir leben. Bormental muß aus dem Sprechzimmer ausziehen. Er hat ja eine eigene Wohnung«, erklärte Bellow äußerst mürrisch und feindselig.

Der Professor klapperte mit den Augen, überlegte, blickte dann das errötete Fräulein an und lud sie sehr höflich ein:

»Bitte kommen Sie für einen Moment in mein Arbeitszimmer.«

»Ich gehe mit«, sagte Bellow rasch und voller Argwohn.

Schon war Bormental zur Stelle, wie aus der Erde gewachsen.

»Entschuldigung«, sagte er, »der Professor spricht mit der Dame, und Sie bleiben hier bei mir.«

»Ich will nicht«, erwiderte Bellow böse und versuchte dem vor Scham glühenden Fräulein und dem Professor zu folgen.

»Nein, entschuldigen Sie«, sagte Bormental, griff Bellow am Handgelenk, und sie gingen ins Untersuchungszimmer.

Fünf Minuten lang war aus dem Arbeitszimmer nichts zu hören, dann plötzlich drang dumpf das Schluchzen des Fräuleins heraus.

Der Professor stand am Schreibtisch, und das Fräulein weinte in ein schmutziges Spitzentüchlein.

»Der Halunke hat gesagt, er wär im Krieg verwundet worden«, schluchzte das Fräulein.

»Er lügt«, antwortete der Professor gnadenlos. Kopfschüttelnd fuhr er fort: »Sie tun mir aufrichtig leid, aber man kann doch nicht mit dem Erstbesten nur wegen seiner Stellung ... Das gehört sich doch nicht, Kindchen ... Hören Sie zu ...« Er zog die Schreibtischschublade auf und holte drei Zehnrubelscheine heraus.

»Ich nehme Gift«, heulte das Fräulein, »in der Kantine gibt's jeden Tag Salzfleisch ... und er bedroht mich ... er sagt, er wär roter Kommandeur ... Du wirst mit mir in einer Luxuswohnung leben, hat er gesagt ... jeden Tag Ananas ... Ich hab eine gutmütige Psychik, hat er gesagt, bloß Katzen hasse ich. Von mir hat er sich einen Ring schenken lassen zum Andenken ...«

»Aber nanu, gutmütige Psychik ... Von Sevilla bis Granada«, murmelte der Professor. »Sie werden's überleben, Sie sind ja noch so jung.«

»Wirklich, der vom Torweg?«

»Nun nehmen Sie schon das Geld, ich leihe es Ihnen«, blaffte der Professor.

Dann ging feierlich die Tür auf, und auf Geheiß des Professors führte Bormental Bellow herein. Der sah keinen an, und die Wolle auf seinem Kopf stand gesträubt wie eine Bürste.

»Du Schuft«, sagte das Fräulein mit blitzenden Augen, die verheult und verschmiert waren, und mit streifig gepuderter Nase.

»Wo haben Sie die Narbe auf der Stirn her? Erklären Sie das der Dame, bitte«, sagte der Professor schmeichelnd.

Bellow setzte alles auf eine Karte: »Ich bin an der Koltschak-Front verwundet worden«, bellte er.

Das Fräulein stand auf und ging laut weinend hinaus.

»Hören Sie auf!« rief ihr der Professor hinterher. »Warten Sie! Bitte den Ring«, sagte er zu Bellow.

Der zog gehorsam den billigen Smaragdring vom Finger.

»Na schön«, sagte er plötzlich böse, »du wirst noch an mich denken. Morgen sorg ich dafür, daß du abgebaut wirst.«

»Haben Sie keine Angst vor ihm«, rief Bormental ihr hinterher, »ich lasse nicht zu, daß er Ihnen was tut.« Er drehte sich um und sah Bellow so an, daß der zurückwich und mit dem Hinterkopf gegen den Schrank knallte.

»Wie ist ihr Name?« fragte ihn Bormental. »Ihr Name!« brüllte er und wirkte wild und furchterregend.

»Wasnezowa«, antwortete Bellow und suchte mit den Augen, wie er entschlüpfen könnte.

»Jeden Tag«, sagte Bormental und packte Bellow an den Revers, »jeden Tag werde ich mich persönlich bei der Stadtreinigung erkundigen, ob die Bürgerin Wasnezowa auch nicht abgebaut worden ist. Und wenn Sie … Wenn ich erfahre, daß sie abgebaut wurde, erschieße ich Sie mit meinen eigenen Händen. Nehmen Sie sich in acht, Bellow, ich hab's Ihnen deutlich gesagt.«

Bellow blickte unverwandt auf Bormentals Nase.

»Dann muß ich mir auch einen Revolver besorgen«, murmelte Bellow, aber recht lasch, und plötzlich paßte er den Moment ab und witschte durch die Tür.

»Nehmen Sie sich in acht!« rief ihm Bormental hinterher.

In der Nacht und am nächsten Vormittag hing Stille in der Wohnung wie eine Gewitterwolke. Alle schwiegen. Aber am nächsten Tag, als Bellow, den schon früh ein scheußliches Vorgefühl zwickte, finster mit dem Lastwagen zu seiner Dienststelle gefahren war, empfing Professor Preobrashenski zu ganz ungewöhnlicher Stunde einen früheren Patienten, einen großen, beleibten Mann in Militäruniform. Der hatte sich dringlich um dieses Treffen bemüht und seinen Termin erhalten. Er betrat das Arbeitszimmer und schlug vor dem Professor höflich die Hacken zusammen.

»Haben Sie wieder Schmerzen, mein Bester?« fragte der Professor, der abgemagert war. »Bitte nehmen Sie Platz.«

»Merci. Nein, Professor«, antwortete der Besucher und stellte den Helm auf die Schreibtischecke. »Ich bin Ihnen sehr verbunden ... Hm ... ich komme in einer anderen Angelegenheit zu Ihnen, Filipp Filippowitsch. Da ich große Achtung vor Ihnen habe ... hm ... möchte ich Sie warnen. Völliger Blödsinn. Der Mann ist ein Spitzbube.« Der Patient griff in seine Aktentasche und holte ein Papier hervor. »Zum Glück hat man es mir gleich gemeldet.«

Der Professor setzte den Zwicker oberhalb der Brille auf die Nase und begann zu lesen. Er murmelte den Text vor sich hin und wechselte alle Augenblicke die Farbe. »... und gedroht, den Vorsitzenden des Hauskomitees, den Genossen Schwonder, zu erschießen, woraus hervorgeht, daß er eine Schußwaffe besitzen muß. Er führt konterrevolutionäre Reden, und er hat sogar seiner Sozial-Dienerin Sinaida Prokofjewna Bunina befohlen, Engels im Ofen zu verbrennen, denn er ist ein eindeutiger Menschewik mitsamt seinem Assistenten Iwan Arnoldowitsch Bormental, der heimlich und unangemeldet in seiner Wohnung lebt. Die

Unterschrift des Leiters der Unterabteilung bei der Stadtreinigung P. P. Bellow wird hiermit beglaubigt. Vorsitzender des Hauskomitees Schwonder. Sekretär Pestruchin.«

»Darf ich das behalten?« fragte der Professor mit Flecken im Gesicht. »Oder brauchen Sie das vielleicht, damit der Fall seinen gesetzlichen Gang geht?«

»Aber erlauben Sie, Professor.« Der Patient blähte beleidigt die Nasenflügel. »Sie haben ja wirklich eine sehr verächtliche Meinung von uns. Ich ...« Er warf sich in die Brust wie ein Truthahn.

»Verzeihung, Verzeihung, mein Bester!« murmelte der Professor. »Verzeihen Sie, ich wollte Sie wahrhaftig nicht beleidigen. Seien Sie mir nicht böse, mein Bester, aber er hat mir die Nerven ruiniert ...«

»Ich glaub's Ihnen«, sagte der Patient beruhigt, »aber der Kerl ist doch Abschaum! Ich würde gern einen Blick auf ihn werfen. In Moskau erzählt man sich die reinsten Legenden über Sie ...«

Der Professor machte eine resignierte Handbewegung. Dem Patienten fiel auf, daß sich der Professor gebückt hielt und in letzter Zeit wohl sogar ergraut war.

Das Verbrechen reifte und fiel wie ein Apfel vom Baum, wie das so zu gehen pflegt. Mit beklommenem Herzen kehrte Bellow im Lastwagen zurück. Die Stimme des Professors bat ihn ins Untersuchungszimmer. Bellow trat verwundert ein, blickte mit undeutlicher Angst in die beiden Pistolenmündungen in Bormentals Gesicht und dann zum Professor. Der Assistent war von einer Rauchwolke umgeben, und seine linke Hand mit der Papirossa bebte auf der blanken Armlehne des Untersuchungsstuhls.

Der Professor sagte mit unheildrohender Ruhe:

»Sie nehmen jetzt Ihre Sachen, Hose, Mantel, alles, was Sie brauchen, und verlassen die Wohnung!«

»Wieso denn das?« fragte Bellow aufrichtig verwundert.

»Sie verlassen die Wohnung, heute noch«, wiederholte der Professor monoton und betrachtete mit schmalen Augen seine Fingernägel.

Ein böser Geist nistete sich in Bellow ein; offenbar lauerte schon der Tod auf ihn, und das Verhängnis stand hinter seinem Rücken. Da stürzte er sich selber dem Unausweichlichen in die Arme und kläffte böse und abgerissen:

»Was soll denn das! Sie meinen wohl, ich kann mein Recht gegen Sie nicht durchsetzen? Ich habe hier Anspruch auf sechzehn Quadratarschin, und ich bleibe.«

»Verschwinden Sie aus der Wohnung«, flüsterte der Professor herzlich.

Bellow selbst beschwor seinen Untergang. Er hob die linke Hand und zeigte dem Professor mit abgeknabbertem Fingernagel die Feige, die unerträglich nach Katzen roch. Dann zog er mit der Rechten einen Revolver aus der Tasche und richtete ihn auf den gefährlichen Bormental. Dem fiel die Papirossa herunter wie eine Sternschnuppe, und gleich darauf sprang der Professor voller Entsetzen über Glasscherben vom Schrank zur Liege. Darauf lag flach ausgestreckt und röchelnd der Unterabteilungsleiter bei der Stadtreinigung, und auf seiner Brust kniete der Chirurg Bormental und drückte ihm ein weißes Kissen aufs Gesicht.

Ein Weilchen später ging Doktor Bormental mit völlig fremdem Gesicht zur Wohnungstür und befestigte neben dem Klingelknopf einen Zettel:

»Wegen Erkrankung des Professors fällt die Sprechstunde heute aus. Es wird gebeten, nicht zu klingeln.«

Mit einem blanken Taschenmesser durchschnitt er die Klingelleitung, dann betrachtete er im Spiegel sein blutiggekratztes Gesicht und seine zitternden, zerschundenen Hände. Gleich darauf erschien er in der Küchentür und sagte zu den aufmerksam gewordenen Frauen Sina und Darja Petrowna:

»Der Professor bittet Sie, die Wohnung nicht zu verlassen.«

»Gut«, antworteten sie verschüchtert.

»Erlauben Sie mir, die Hintertür abzuschließen und den Schlüssel einzustecken«, sagte Bormental, der im Schatten der Küchentür stand und die Hand vors Gesicht hielt. »Das ist nur für eine Weile und geschieht nicht aus Mißtrauen zu Ihnen. Aber wenn jemand kommt, werden Sie womöglich schwach und öffnen, und wir dürfen nicht gestört werden. Wir sind beschäftigt.«

»Gut«, antworteten die Frauen und wurden blaß. Bormental verschloß die Hintertür, die Wohnungstür und die Tür von der Diele zum Korridor, dann verklangen seine Schritte im Untersuchungszimmer.

Stille senkte sich über die Wohnung und kroch in alle Winkel. Dämmerung breitete sich aus, scheußlich, furchterregend. Finsternis. Die Nachbarn auf der anderen Seite des Hofes freilich erzählten später, in den Fenstern des Untersuchungszimmers, die in den Hof blickten, hätten an diesem Abend beim Professor sämtliche Lichter gebrannt und sie hätten sogar die weiße Haube des Professors gesehen. Es war schwer nachzuprüfen. Allerdings plauderte auch Sina, als alles vorbei war, aus, Bormental und der Professor seien aus dem Untersuchungszimmer gekommen, und später habe der Doktor sie zu Tode erschreckt, indem er, im Arbeitszimmer vor dem Kamin hockend, eigenhändig ein Heft mit blauem Umschlag verbrannte, eines von denen, die die Krankengeschichten der Patienten enthielten! Bormentals Gesicht habe ganz grün ausgesehen und sei kreuz und quer zerkratzt gewesen. Auch der Professor sei an diesem Abend nicht wiederzuerkennen gewesen. Und dann noch, daß … Aber es kann auch sein, daß das unschuldige Mädchen aus der Wohnung im Pretschistenka-Viertel schwindelte …

Nur eines ist sicher: In der Wohnung herrschte an diesem Abend eine grauenhafte Stille.

Ende der Erzählung

EPILOG

Zehn Tage nach der Schlacht im Untersuchungszimmer schlug zu nächtlicher Stunde in der Wohnung Professor Preobrashenskis in der Obuchow-Gasse schrill die Klingel an.

»Kriminalmiliz und Untersuchungsführer. Öffnen Sie bitte.«

Schritte klapperten und trappelten, man kam herein, und im Lichterglanz der Diele mit den frisch verglasten Schränken standen auf einmal eine

Menge Leute: zwei Männer in Milizuniform, einer im schwarzen Mantel mit Aktentasche, der schadenfrohe und blasse Vorsitzende Schwonder, der Jüngling, der eine Frau war, der Portier Fjodor, Sina, Darja Petrowna und Doktor Bormental, halb angezogen, die Hand schamhaft vor dem unbeschlipsten Hals.

Aus der Tür des Arbeitszimmers kam der Professor. Er zeigte sich in dem wohlbekannten himmelblauen Hausmantel, und jedermann konnte sich mit einem Blick überzeugen, daß er sich in der letzten Woche sehr erholt hatte. Der Professor, ganz der alte, herrisch, tatkräftig und würdevoll, trat vor seine nächtlichen Besucher und entschuldigte sich, daß er im Schlafrock war.

»Machen Sie sich nichts daraus, Professor«, entgegnete der Zivilist sehr verlegen, dann druckste er und sagte: »Es ist uns sehr unangenehm, aber wir haben einen Durchsuchungsbefehl für Ihre Wohnung und« – der Mann warf einen Blick auf den Schnurrbart des Professors und schloß – »und, je nach dem Ergebnis, einen Haftbefehl.«

Der Professor kniff die Augen ein und fragte:

»Gegen wen, wenn ich fragen darf, und mit welcher Beschuldigung?«

Der Mann kratzte sich die Wange, entnahm seiner Aktentasche ein Papier und las vor:

»Gegen Preobrashenski, Bormental, Sinaida Bunina und Darja Petrowna. Wegen Mordes am Unterabteilungsleiter der Stadtreinigung bei der Moskauer Kommunalwirtschaft Polygraf Polygrafowitsch Bellow.«

Die letzten Worte wurden von Sinas Schluchzen übertönt. Bewegung kam auf.

»Ich verstehe kein Wort«, antwortete der Professor und reckte königlich die Schultern. »Bellow? Verzeihung, meinen Sie vielleicht meinen Hund Bello ... den ich operiert habe?«

»Entschuldigen Sie, Professor, nicht als Hund, sondern als er schon Mensch war. Darum geht es.«

»Sie meinen, weil er gesprochen hat?« fragte der Professor. »Wenn einer spricht, heißt das noch lange nicht, daß er ein Mensch ist. Im übrigen ist das belanglos. Bello existiert, und niemand denkt daran, ihn umzubringen.«

»Professor«, sagte der schwarze Mann sehr verblüfft und zog die Augenbrauen hoch. »Dann müssen Sie ihn vorführen. Er ist seit zehn Tagen abgängig, und es liegen, entschuldigen Sie, schwerwiegende Beschuldigungen gegen Sie vor.«

»Doktor Bormental, seien Sie so freundlich und führen Sie dem Untersuchungsrichter Bello vor«, befahl der Professor und nahm den Durchsuchungsbefehl an sich.

Doktor Bormental ging mit schiefem Lächeln hinaus.

Als er zurückkehrte und einen Pfiff ausstieß, folgte ihm aus der Tür des Arbeitszimmers ein seltsam aussehender Hund. Sein Fell war teils kahl, teils mit Haaren bewachsen. Er ging wie ein dressierter Zirkushund auf den Hinterpfoten, dann ließ er sich auf alle viere herunter und sah sich um. Grabesstille erstarrte in der Diele wie Gelee. Der gespenstische Hund mit der tiefroten Narbe auf der Stirn erhob sich wieder auf die Hinterpfoten und setzte sich grinsend in einen Sessel.

Der zweite Milizionär schlug plötzlich weitausholend ein Kreuz und trat zurückweichend Sina auf beide Füße.

Der Mann in Schwarz brachte den Mund nicht zu, er stieß hervor:

»Was ist denn das? Er hat doch bei der Stadtreinigung gearbeitet ...«

»Von mir hat er den Posten nicht«, sagte der Professor kühl, »Schwonder hat ihn dorthin empfohlen, wenn ich mich nicht irre.«

»Ich verstehe rein gar nichts«, sagte der Schwarze verwirrt und fragte den ersten Milizionär: »Ist er das?«

»Ja«, antwortete der Milizionär tonlos. »Eindeutig.«

»Er ist es«, ließ sich Fjodor vernehmen, »bloß der Halunke hat sein Fell wiedergekriegt.«

»Aber er hat doch gesprochen ... ähem ...«

»Er spricht auch jetzt noch, nur immer weniger, also nutzen Sie die Gelegenheit, denn bald wird er gar nicht mehr sprechen.«

»Aber warum nicht?« fragte leise der schwarze Mann.

Der Professor zuckte die Achseln.

»Die Wissenschaft kennt noch keine Methode, Tiere in Menschen umzuwandeln. Ich habe es versucht und bin gescheitert, wie Sie sehen. Er hat gesprochen, ja, aber jetzt kehrt er allmählich in seinen ursprünglichen Zustand zurück. Ein Atavismus.«

»Keine unanständigen Wörter gebrauchen«, kläffte der Hund plötzlich und stand vom Sessel auf.

Der schwarze Mann erbleichte jäh, ließ die Aktentasche fallen und sank zur Seite. Ein Milizionär und Fjodor fingen ihn auf. Alles redete durcheinander, und am deutlichsten tönten drei Sätze:

Professor: »Baldrian. Er ist ohnmächtig.«

Bormental: »Wenn sich Schwonder noch ein einziges Mal in der Wohnung von Professor Preobrashenski blicken läßt, schmeiß ich ihn achtkantig die Treppe hinunter.«

Und Schwonder: »Ich bitte diese Worte zu protokollieren.«

Die grauen Harmonikas der Heizung wärmten. Die Gardinen sperrten die dichte Finsternis des Pretschistenka-Viertels mit ihrem einzigen Stern aus. Das höhere Wesen, der gewichtige Wohltäter des Hundes, saß im Sessel, und der Hund Bello lag beim Ledersofa auf dem Teppich. Von dem Märznebel bekam er morgens Kopfschmerzen in der ringförmigen Narbe. Sie vergingen erst in der abendlichen Wärme. Jetzt fühlte er sich leicht und wohl, und die Gedanken in seinem Kopf strömten warm und harmonisch.

Was habe ich doch für ein Glück, dachte er im Einschlummern, unbeschreibliches Glück. Ich kann für immer in der Wohnung bleiben. Und ich bin endgültig überzeugt, daß bei meiner Abstammung etwas nicht stimmt. Ganz sicher war ein Neufundländer dabei. Meine Großmutter, Gott schenke ihr das Himmelreich, war eine Schlampe. Mein Kopf ist zwar ganz zerschnitten, aber bis zur Hochzeit ist das wieder gut. Das macht unsereinem nichts aus.

In einiger Entfernung dumpfes Gläserklirren. Der Gebissene räumte die Schränke im Untersuchungszimmer auf.

Der grauhaarige Zauberer saß im Sessel und trällerte:

»Zu des Niles heilgen Ufern ...«

Der Hund sah Schreckliches. Ein wichtiger Mann senkt die Hände in glatten Handschuhen in ein Glas und hebt ein Gehirn heraus – ein hartnäkkiger Mann, der ständig etwas will, der schneidet, untersucht, die Augen einkneift und trällert:

»Zu des Niles heilgen Ufern ...«

Januar–März 1925
Moskau

Volk und Welt Spektrum

191 Abraham B. Jehoschua: Angesichts der Wälder. Erzählungen
192 Günter Grass: Katz und Maus. Eine Novelle
193 Jorge Luis Borges/Adolfo Bioy Casares: Sechs Aufgaben für Don Isidro Parodi. Kriminalerzählungen
194 Jüri Tuulik: Unter uns Hunden gesagt. Erzählung
195 John Cheever: Kein schöner Land ... Erzählung
196 Hubert Fichte: Das Waisenhaus. Roman
197 Valentin Rasputin: Leb und liebe. Erzählungen
198 Stanisław Lem: Provokation. Essay
199 John Bryson: Melodram für eine Heldin aus Plast. Kurzgeschichten
200 Jannis Ritsos: Was für seltsame Dinge. Roman
201 Charles Ferdinand Ramuz: Die Trennung der Rassen. Roman
202 Ramón J. Sender: Requiem für einen spanischen Landmann. Erzählung
203 Sergej Jermolinski: Erinnerungen an Bulgakow. Literarisches Porträt
204 Nagib Machfus: Das Hausboot am Nil. Roman
205 Lu Yanzhou: Die wunderbare Geschichte des Himmel-Wolken-Berges. Roman
206 Thomas Pynchon: Die Versteigerung von No. 49. Roman
207 Enn Vetemaa: Die Nixen in Estland. Ein Bestimmungsbuch
208 Roald Dahl: Kuschelmuschel. Vier erotische Überraschungen
209 Daniil Granin: Die Spur ist sichtbar noch. Novelle
210 Veljko Barbieri: Epitaph eines königlichen Feinschmeckers. Roman
211 Federico Fellini: Das Schiff der Träume/ Die Stadt der Frauen. Filmszenarien

212 Das Staubkorn und andere Liebesgeschichten. Erzählungen
213 Ruben Howsepjan: Die karminrote Schildlaus. Roman
214 Jean Améry: Charles Bovary, Landarzt. Romanessay
215 Javier Tomeo: Der Marquis schreibt einen unerhörten Brief. Roman
216 Wolodymyr Drosd: Jossyps Himmelfahrt. Satire
217 Wolfgang Hildesheimer: Mitteilungen an Max über den Stand der Dinge und anderes. Essay
218 Richard Brautigan: Forellenfischen in Amerika. Roman
219 Friederike Mayröcker: Reise durch die Nacht. Erzählung
220 Italo Calvino: Herr Palomar. Roman
221 Wladimir Makanin: Der Ausreißer. Erzählungen
222 Donald Barthelme: Randerscheinungen. Kurzgeschichten
223 Ernst Jandl: Das Öffnen und Schließen des Mundes. Frankfurter Poetik-Vorlesung
224 Ortega y Gasset: Ästhetik in der Straßenbahn. Essays
225 Dimiter Korudshiew: Der Garten mit den Amseln. Erzählung
226 Friedrich Dürrenmatt: Justiz. Roman
227 Woody Allen: Was Sie schon immer über Sex wissen wollten, aber nie zu fragen wagten. Drehbuch
228 Valentin Rasputin: Der Brand. Erzählung
229 Ismail Kadare: Die Schleierkarawane. Erzählungen
230 Jewgeni Jewtuschenko: Fuku! Poem
231 Werner Herzog: Fitzcarraldo/ Wo die grünen Ameisen träumen. Filmerzählungen
232 Carlos Fuentes: Der alte Gringo. Roman
233 Eustachy Rylski: Karussell. Roman
234 Wladimir Tendrjakow: Die reinen Wasser von Kitesh. Groteske
235 Andre Dubus: Stimmen vom Mond. Roman
236 Nathalie Sarraute: Der Wortgebrauch. Essayistische Prosa
237 Michail Bulgakow: Hundeherz. Groteske